차 한 잔의 명상

지혜의 샘 시리즈 ❾

차 한 잔의 명상

개정판 1쇄 발행 | 2024년 06월 10일

엮은이 | 이범준

발행인 | 김선희 · 대 표 | 김종대
펴낸곳 | 도서출판 매월당
책임편집 | 박옥훈 · 디자인 | 윤정선 · 마케터 | 양진철 · 김용준

등록번호 | 388-2006-000018호
등록일 | 2005년 4월 7일
주소 | 경기도 부천시 소사구 중동로 71번길 39, 109동 1601호
　　　(송내동, 뉴서울아파트)
전화 | 032-666-1130 · 팩스 | 032-215-1130

ISBN 979-11-7029-247-0 (00810)

인생의 출발점에 서 있는 친구에게

그대의 마음속에 식지 않는 열과 성의를 가져라.
당신은 드디어 일생에 빛을 얻으리라.
정직과 성실을 그대의 벗으로 삼아라.
아무리 친한 벗이라 하더라도
그대 자신으로부터 나온 정직과 성실만큼
그대를 돕지는 못하리라.
남의 믿음을 잃었을 때
사람은 가장 비참하다.
백 권의 책보다
단 한 가지 성실한 마음이
사람을 움직이는 데에 있어서
보다 큰 힘이 될 것이다.

– B. 프랭클린

지혜의 샘 시리즈 **9**

차 한 잔의 명상

이범준 엮음

MAEWOLDANG

지금 이 순간이야말로
가장 가치 있는 것입니다

사람은 자신이 노력하는 만큼 행복해집니다. 또 얼마나 좋은 습관을 가지느냐에 따라 행복할 수도 있으며, 행복해질 수도 있습니다.

누구에게나 똑같이 주어지는 시간이라는 선물도 받아들이는 사람에 따라 그 가치가 엄청나게 다른 것입니다. 그만큼 인생이 남의 것이 아니라 내 자신의 것임을 깨달을 때, 우리는 삶을 좀 더 진지하게 생각하게 됩니다. 실패도 나의 몫이고, 성공도 나의 몫입니다. 모든 것이 내가 하기 나름인 것입니다.

우리 앞에는 무한하게 엮어갈 수 있는 인생이라는 실이 있습니다. 그 실을 어떻게 엮어 나가느냐는, 오늘을 얼마나 소중하게 생각하고 성실하게 보내느냐에 달려 있습니다.

인생은 늘 기쁨으로 채워지지는 않습니다. 자신이 마음먹은 대로 되지도 않습니다. 때문에 좌절과 실의에 빠지기도 하겠지요. 하지만 용기 있는 사람은 결코 물러서지 않습니다. 오히려 실패를 통해서 희망을 배웁니다.

희망을 버리지 않는 한 우리는 언제나 다시 일어설 수 있고, 마음먹은 것을 착실하게 준비해 나갈 때 정상에 설 수 있습니다.

시간은 우리를 기다려주지 않습니다. 우리가 기쁨에 들떠 환호를 지르고 있을 때도, 실의에 빠져 방황하고 있을 때도 시간은 언제나 같은 속도로 유유히 흘러갑니다.

지금 이 순간이야말로 우리의 삶이며, 우리의 인생인 것입니다. 이제 머뭇거릴 시간이 없습니다. 소중한 오늘의 삶이 내일로 이어질 때 인생은 빛나는 것입니다. 그리고 당신은 누구보다도 아름다운 삶을 살아갈 수 있습니다.

엮은이 이범준

차 례

제1장 용기, 다시 일어서는 힘

제5장 나를 이끄는 운명의 좌표, 희망

제1장

용기, 다시 일어서는 힘

현재를 개선하라

당신은 정말로 당신이 바라는 사람이 되어가고 있는 가? 당신은 어떤 일에 실패했을 때 '그건 정말로 크나큰 실패였어. 나는 너무 어리석었던 거야.'라고 자신을 나무라는가? 그럴 용기가 없다면 당신은 아직도 갈 길이 멀다.

쓸쓸한 듯이 과거를 보지 마라. 그것은 두 번 다시 돌아오지 않으므로, 주저없이 현재를 개선하라. 그림자 같은 미래를 향해 겁내지 말고 씩씩한 용기를 갖고 나아가라. 좌절하고 실망했던 과거의 아픔을 보상하고도 남을 성공이 당신을 기다리고 있음을 기억하라.

성공의 비결은 결단력

어떤 장군이 갑작스럽게 성공에 관한 강연을 해 달라는 요청을 받고 단상으로 올라갔다. 그는 뜻밖의 일이라 무엇을 이야기해야 좋을지를 몰랐다. 단상으로 올라섰을 때 출입문에 '당기시오.' 라고 씌어진 글자가 있었던 것을 기억했다. 청중 앞에 나선 그는 이렇게 말했다.

"이제 여러분은 출입문 위에 씌어진 글자를 보신다면, 어떻게 해야 성공할 수 있을 것인가 하는 문제에 대한 해답을 얻을 수 있게 될 것입니다."

청중은 출입문 쪽을 돌아다보았다. 그들이 읽게 된 것은 '미시오.' 라는 글이었다. 이 건물 출입문에는 바깥쪽에 '당기시오.' 라고 씌어 있고, 안쪽에는 '미시오.' 라는 글이 씌어 있었다. 장군은 무슨 생각에서 출입문 바깥쪽의 '당기시오.' 를 언급했는지 모르지만, 실제로 성공의 비결은 '당기시오.' 가 아니라 '미시오.' 라는 말에 담겨져 있다. 결국 이 청중들은 장군의 뜻과는 상관없

21

이 '미시오.'라는 옳은 말을 보게 된 것이다.

우리 모두 성공이라는 위대한 문을 힘차게 밀고 들어가고 싶어한다. 당신도 정상까지 밀고 올라갈 수 있다. 손수레는 잡아당겨 끌기보나는 뒤에서 밀어 주는 것이 훨씬 손쉬운 법이다.

숙련된 인부를 잘 지켜보도록 하라. 그는 뒤에서 밀기는 하지만 결코 수레를 잡아끌지는 않는다. 당신도 이 방법을 시도해 보라. 아마도 장군이 '당기시오.'라는 말을 성공의 비결로 제시하려고 했다면, 그는 속으로 집안 환경이나 학벌, 인맥 등의 배경을 생각했을지도 모른다. 확실히 이런 배경을 갖고 있다면 성공을 좀 더 쉽게 끌어당길 수 있는 것처럼 생각될 수도 있다.

그러나 '배경'은 결코 충분한 것이라고는 할 수 없다. '배경'에는 언제나 한계가 있다. 그것을 손에 넣을 수 있는 사람은 극히 소수에 불과하다. 또 설사 그것을 가지게 되었다고 하더라도 그들은 곧 실패를 저지르기 쉽다. '배경'만큼 사람의 의지를 나약하게 만드는 것도 없기 때문이다.

상사, 고객, 친구 또는 행운이라는 성공의 배경을 얻

차 한 잔의 명상

으려고 하는 것은 시간 낭비일 뿐이다. 성공을 끌어당기기보다는 밀어붙이는 것이 훨씬 낫다. 상사라든지 고객이라든지 친구에 의한 '배경'이란 어차피 당신 자신이 만든 것이 아니기 때문이다. 만약 그 배경이 사라지고 만다면, 당신의 성공 또한 물거품이 될 수도 있다.

벤치에 앉아 있는 거지들을 보라. 그는 결코 찾아오지 않는 '배경', '기회'를 평생토록 기다리고만 있다. 가령 '배경'이 찾아온다고 할지라도 그에게 하루치의 포만감이라는 성공을 안겨 주고 떠날 뿐이다. 결국 그가 떠나고 난 이튿날이면 다시 누군가의 적선을 기다리는 거지 신세로 돌아가야 하는 것이다.

성공에는 대부분 위험 부담이 따르게 마련이지만, 행운만으로 정상까지 올라가려는 생각은 어리석은 일이다.

상상력을 이용하여 앞날을 바라보라. 당신의 판단에 있어서 가장 중요한 선택은 상식을 이용하는 방법이다. 그리하여 확실한 결정의 단계에 이르렀다면, 용기를 내서 과감하게 실천해야 한다.

당신이 누군가로부터 얻고 싶어하는 '배경'은 당신에 대한 그 사람의 호감인지도 모른다. 만일 그렇다면 다음의 격언을 마음에 새겨 두어야 한다.

'우선 이해하고, 그런 다음 이야기하라.'

비즈니스 세계에 있어서나 가정에 있어서 우리는 상대편을 이해하기 전에 이야기부터 하려고 하는 경우가 너무나 많다. 걸핏하면, '당신은 내 입장을 조금도 이해하지 못하고 있어!' 이렇게 외치기 일쑤이다. 상대방의 감정을 지레짐작한 나머지 오해를 하기도 한다. 만일 상대방의 이야기를 잠시 동안이라도 꾹 참고 들어 줄 수 있었더라면, 우리는 그에 대한 오해를 최대한 줄일 수 있었을 것이다.

그렇게 되면 또한 우리들 자신도 좀 더 권위를 가지고 이야기할 수 있게 된다. 그리하여 당신은 그의 '배경(호감)'을 얻게 되는 것이다. 그러나 이런 일에 지나치게 의지하는 것은 그다지 현명한 것은 아니다. '배경(끌어당기기)'이 잘 되어가지 않을 때에는 '밀기'가 그 역할을 대신하는 일이 종종 있기 때문이다.

당신은 항상 이 말을 기억하라.

'닫혀진 문은 그것을 잡아당기기보다는 힘껏 밀어붙일 때에 더 열리기 쉽다.'

차 한 잔의 명상

문고리를 힘껏 밀어붙일 때에는 당신도 앞으로 나아간다. 그리고 문고리를 잡아당길 때에는 문이 열리기 전에 당신도 뒤로 물러서지 않으면 안 된다.

우리는 일상생활에서 '배경(끌어당기기)'을 만들어 내는 방법을 배움과 동시에 '밀고 나가는' 방법도 배워야만 참된 성공을 이룩할 수 있다.

시작은 지금부터

지금 어떤 지점에 서 있다는 것은 문제가 아니다. 어떠한 형태이든 지점은 다 숭고한 목표에 통할 수 있는 출발점인 것이다.

당신이 서 있는 그 환경은 당신의 출발점인 것을 알라.

마음이 견주는 것이 높으면 누구나 높은 것을 표현할 수 있는 것이다. 누구나 그 사람이 진실로 열렬히 사랑할 수 있는 것은, 그 자신에게 있어서 독자적인 아름다움일 뿐 아니라, 동시에 다른 사람에게도 그 아름다움을 비춰 주게 된다.

- J. F. 밀레

변호사가 되려고 굳게 결심했다면,
그것만으로도 목적의 절반은 성공한 것이나 다름없다.
꼭 성공하고야 말겠다는 결심이야말로
그 어떤 것보다 중요하다는 사실을 명심해야 한다.
- 링컨

풍파는 전진하는 자의 벗

인생의 목적은 끊임없는 전진에 있다.

앞에는 언덕이 있고, 강이 있고, 진흙탕도 있다. 걷기가 좋은 평평한 길만은 아니다. 먼 곳으로 항해하는 배가 풍파를 만나지 않고 조용히만 갈 수는 없다. 풍파는 언제나 전진하는 자의 벗이다.

차라리 고난 속에 인생의 기쁨이 있다.

풍파 없는 항해! 이 얼마나 단조로운 것인가? 역경에 부딪힐수록 부딪히는 자의 가슴은 뛴다!

— 니체

세상을 야속하다고 여기지 말고,
세상에 없어서는 안 될 사람이 되라.
세상이 그대를 찾는 사람이 되라.
세상은 반드시 그대에게 삶의 희열을 안겨 줄 것이다.
— 에머슨

운명에 부딪히는 사람

'자기 앞에 어떠한 운명이 기다리고 있는가, 그것을 묻지 말고 앞으로 나아가라! 그리고 대담하게 자기의 운명에 직면하라.'

이 말 속에는 인생의 풍파를 헤치고 넘어가는 묘법이 숨어 있다. 운명을 겁내는 사람은 운명에 먹히고, 운명에 맞서는 사람에겐 운명이 길을 비킨다.

– 비스마르크

실패는 일종의 교육이다.
사고할 줄 아는 사람은
성공에서나 실패에서나 매우 많은 것을 배운다.

– 존 듀이

도망치지 마라

위험에 처했을 때 절대로 도망치지 마라. 그러면 오히려 위험이 배로 늘어난다. 그러나 도망치지 않고 결연하게 맞선다면, 그 위험은 절반으로 줄어들 것이다. 어떤 일이 위험에 처하거든 절대로 도망쳐서는 안 된다.
- 윈스턴 처칠

나이가 들어 주름살이 생기는 것이야 어쩔 수가 없지만, 마음속까지 주름살을 만들어서는 안 된다.
- 제임스 가필드

막다른 곳에 몰렸을 때

불행과 재난에 쫓겨 더 이상 피할 수 없는 막다른 곳
까지 몰리게 되면, 인간은 그것을 극복할 수 있는 힘을
얻게 된다. 인간에게는 자기 스스로조차도 놀랄 정도의
강력한 지혜와 능력이 숨어 있는 것이다. 다만 우리가
그것을 알아차리지 못하고 있을 뿐이다.

-데일 카네기

운명이 내일 무엇을 결정할 것인가를 묻지 마라.
순간이야말로 우리들의 것이다.
자, 순간을 맛보지 않겠는가.
- F. 뤼케르트

적극적으로 맞서라

소녀 시절에 나는 다른 사람들 모두가 나를 예쁘게 봐 주었으면 하고 바랐다. 내 존재 따위는 다른 사람의 눈에 전혀 들지 않을 것이라고, 누구도 아름답다거나 예쁘다고 칭찬해 줄 리 없으리란 사실을 잘 알고 있었기 때문이다. 언니와 동생들은 하나같이, '너같이 보기 흉한 오리 새끼한테 핸섬한 상대가 생길 리 없어.' 하고 놀려대곤 했다.

나는 언제나 창피한 생각만 들었다. 옷은 아줌마가 입던 낡은 것을 고친 것뿐이었으며, 댄스나 스케이트도 할 줄 몰랐다. 다른 계집아이들처럼 예쁘지도 않았고, 파티가 벌어질 때에는 늘 사람들로부터 떨어져 홀로 있었다…….

지금도 또렷이 기억하고 있다. 크리스마스 파티에서 내가 여느 때처럼 혼자서 외롭게 있는데 한 청년이 다가와서는, '함께 춤추지 않겠습니까?' 하고 말을 걸어

왔을 때의 그 찬란한 기쁨이란! 그 사람 이름이 바로 프랭클린 D. 루즈벨트였다.

나는 20년이 넘도록 열등감과 공포심에 시달려야만 했다. 엄마나 할머니, 심지어는 숙모들까지도 모두가 똑같이 뉴욕 사교계의 쟁쟁한 미인들이었는데, 어째서 나 혼자만 못생겼는지 부끄러워서 견딜 수가 없었던 것이다. 손님들에게 나를 소개할 때마다 엄마는 이렇게 말씀하시곤 했다.

"애가 엘리너예요. 이 앤 나이가 많이 든 것처럼 행동해서 모두가 할머니라고 부르고 있답니다."

이런 내가 용기를 얻게 된 것은 아마 나보다도 더 불행한 사람들을 돕는 일을 시작한 때부터일 것이다.

1910년, 남편이 뉴욕 주의 상원의원으로서 18명의 의원들과 함께 어떤 악덕 민주당원과 싸우고 있을 때의 일이다. 올버니에 있던 우리 부부의 방은 마치 작은 회의장처럼 변해 버렸고, 매일 밤마다 토론이 계속되고 있었다. 더 이상 참을 수가 없게 되어 다른 의원들의 부인들을 찾아가 보았다. 그런데 호텔 방에 혼자 멍하니 앉아 있는 많은 부인들을 보고 놀라지 않을 수가 없었다.

남편 이외에는 아무것도 알지 못하는 이런 가련한 부인들에게 용기를 불어넣어 주고, 격려해 주는 동안에 나에게도 용기와 자신감이 솟아나게 되었다. 세상에 공포심만큼 마음을 상하게 하는 것도 없다. 나는 나보다 훨씬 더 불행한 사람들을 도움으로써 내 공포심과 싸웠고, 드디어 그것을 극복한 것이다.

　나는 믿는다. 두려워하며 손을 쓰지 못하고 외면해 왔던 일들을 어떻게든 처리해 낸다면 누구든지 공포심을 극복할 수 있다는 것을. 그러기 위해서는 늘 이런 일을 계속하고 성공의 실적을 쌓아 나가는 것이 중요할 것이다.

－ 엘리너 루즈벨트

인생에 있어서 중요한 것은 목표를 가짐과 동시에 그것을 달성할 수 있는 능력과 체력을 지니는 일이다.
－ 괴테

버텨라

끈질긴 인내보다 훌륭한 것은 없다. 재능만으로는 안 된다. 재능이 있으면서도 성공하지 못하는 사람이 얼마든지 있다. '천재는 보답받지 못한다.'는 말처럼, 천재인 것만으로는 되지 않는 법이다.

또 교육만으로 되는 것도 아니다. 교양 있는 낙오자는 빗자루로 쓸 정도로 널려 있다. 어떤 것에도 이기는 것은 오직 끈기와 결단력뿐이다.

'버텨라!'

이 슬로건은 이제까지 인류의 여러 가지 문제를 해결해 왔으며, 앞으로도 해결해 나갈 것이다.

– 캘빈 쿨리지

실패란 잠깐 정지하는 것

오늘은 새로운 날이다.

오늘 쏟아 넣은 것은 어떤 것이나 다시 끄집어낼 수가 있다. 가령 실패를, 그것도 큰 실패를 했다고 할지라도 또다시 해볼 기회가 늘 있는 것이다. 그리고 몇 번이나 되풀이하여 실패했다고 하더라도 언제나 바람직할 때 다시 새출발할 수가 있다. 왜냐하면 '실패'란 쓰러지는 것이 아니라, 잠깐 정지하는 것뿐이기 때문이다.

– 메리 픽 포드

누가 가장 영광스럽게 사는 사람인가?
한 번도 실패함이 없이 나아가는 데 있는 것이 아니라,
실패할 때마다 조용히, 그러나 힘차게 다시 일어나는 데에
인간의 참된 영광이 있는 것이다.

– G. 스미스

자신을 잊어버려라

자신의 결점에만 신경을 쓰는 사람의 열등감을 고쳐 줄 수 있는 사람은 이 세상에 단 한 사람밖에 없다. 바로 당신 자신이다.

또 그것을 고치는 방법은 다음과 같은 말을 명심하는 것이다.

'자기 자신의 일은 잊어버려라!'

부끄러워하거나 주저하는 마음이 생기거나 무언가 자신의 일이 마음에 걸리게 되면, 즉시 그 자리에서 뭔가 다른 일을 떠올려야 한다.

다른 사람과 대화를 나눌 때에는 화제 이외의 일은 일절 염두에 두지 말아야 한다. 상대방이 이쪽 형편을 어떻게 생각하든지, 이쪽의 이야기를 어떻게 판단할지 따위에는 결코 마음을 쓰지 말아야 한다. 자기의 일은 잊어버리고 앞으로의 일만을 계속해서 해 나가는 것이다.

– 데일 카네기

현재에 충실히 하라

　나무만 보고 숲을 보지 않는 것은 흔히 있는 일이다. 이와 마찬가지로 넓은 범위를 보는 것에만 정신이 팔려 미래의 이익에만 시선을 빼앗기고 있으면, 현재 모처럼 손아귀에 들어와 있는 기회는 고사하고 당장 손에 잡힌 이익조차 볼 수 없게 된다.

　인생은 그렇지 않아도 짧은데, 시간을 낭비한다면 더욱더 짧아진다.

– 사무엘 존슨

지금 실행하라

　남에게 몇 년에 걸쳐 오해를 받아오고 있어서 언젠가는 결말을 내야 된다고 생각하면서도 그대로 넘어가는 사람이 있다.

　지금이야말로 자존심 따위는 버려야 한다고 늘 생각하고 있지만, 좀처럼 그런 마음이 들지 않아서 언제까지나 입씨름을 계속하는 사람이 있다.

　거리에서 사람들을 만나도 무뚝뚝하여 한 마디도 하지 않는 사람이 있다. 상대방이 내일이라도 죽는다면 후회와 부끄러움에 떨게 되리라는 것을 알면서도 인사할 마음이 생기지 않는 것이다. 이웃 사람이 굶어 죽어도 못 본 체하는 사람이 있다. 친구를 칭찬해 주고 그의 의견에 공감을 나타내 주고자 생각하면서도, 그러지 못하고 친구의 마음을 괴롭히는 사람이 있다.

　만일 '인생은 짧다.'는 명제를 갑자기 깨달아 뼈저리게 느낄 수만 있다면 이러한 '응어리'는 즉시 풀린다!

자, 즉시 나가서 우물쭈물하다가는 일평생 기회가 다시 오지 않을지도 모를 일을 실행하자.

– 필립스 브룩스

인간에게 최고의 명예는 결코 쓰러지지 않는 일이 아니다. 쓰러질 때마다 일어나는 것이다.

– 공자

얼굴을 바로하고 고개를 높이 쳐들고

밖으로 나갈 때는 언제나 얼굴을 바로하고 고개를 높이 쳐들어 가슴 깊이 상쾌한 공기를 들이마시자, 그리고 햇볕을 마음껏 즐기자. 친구들을 만날 때는 웃는 얼굴로 대하고, 악수할 때에는 변함없이 정성을 다하도록 하자.

오해받을 것을 두려워하지 말고, 남의 눈을 의식하는 일로 시간을 낭비하지 말자. 마음속으로 하고 싶은 일을 확실하게 정했다면, 주저하지 말고 목표를 향해 전력 질주하자.

크고 멋들어진 목표를 생각하면서 항상 그것에 집착하고 있으면, 머지않아 염원하는 그 목적을 달성하는 데 필요한 기회가 반드시 자기 손안에 들어오게 된다. 마치 끊임없이 흐르는 바닷물 속에 잠긴 산호초가 아무도 모르게 영양분을 섭취하는 것처럼 말이다.

마음속으로 자신이 생각하는 이상적인 인물을 계속

해서 떠올린다면, 자기 자신도 차츰차츰 그와 같은 인물에 가까워져 갈 것이다.

　무엇인가를 열심히 '생각하는 일'은 확실히 멋진 일이다. 우리는 용기, 정직함, 명랑함 등 올바른 정신 상태를 항상 유지해야 한다. 올바른 정신 상태는 훌륭한 결과를 낳게 한다. 이 세상 모든 것은 바라는 염원이 있었기에 비로소 생겨난 것들이다. 진정한 마음으로 갈망하는 것은 반드시 이루어진다. 사람은 마음먹은 대로의 인물로 발전하는 것이다. 자, 자부심을 갖고 머리를 높이 세우자, 그러면 우리는 한 발 한 발 신에게 가까이 다가서게 될 것이다.

– 앨버트 허버트

용기는 인간이 필수적으로 갖춰야 할 가장 중요한 덕목이다.
다른 덕목은 이것만 갖춘다면 자연스레 갖춰지게 마련이다.
– 윈스턴 처칠

순응과 반항

태풍이 내습할 때 도망칠 곳이 없는 운명에 처한 인간이 선택할 수 있는 방법은 두 가지 중의 하나다. 머리를 숙이든지, 그렇지 않으면 반항하다 꺾여 버리는 것이다.

나는 미주리에 있는 농장에서 이 교훈을 실제로 체험했다. 나는 거기서 많은 묘목을 심었으며, 그 나무들은 놀라울 정도로 빠르게 자라났다. 그러던 어느 날, 싸락눈을 동반한 폭풍이 몰아닥쳐서 나무의 가지란 가지는 모두 얼음으로 뒤덮이고 말았다.

그런데 나무들은 그 얼음 무게에 대해서, 얌전하게 머리를 숙이려 하지 않고 반항을 하다가 그 얼음 무게를 견디지 못하고 결국 가지가 꺾여 버렸다. 이 나무들이 북극 삼림의 지혜를 배웠더라면 좋았을 것이다. 캐나다의 상록수 숲을 수백 마일이나 여행해 본 나지만, 싸락눈이나 얼음 따위로 인해 꺾여진 소나무나 전나무

따위는 한 그루도 보지 못했다. 이들 상록수 숲은 고개를 숙이고 가지를 늘어뜨리는, 어쩔 수 없는 운명과 협력하는 방법을 잘 알고 있었던 것이다.

– 데일 카네기

자신을 격려하라

하루에 한 번씩 자기 자신을 격려하는 일을 두고 그대는 어리석고 천박한 어린애 장난 같다며 비웃고 말 것인가?

천만에! 이것이야말로 올바른 심리학 응용의 핵심이다. '인생은 그 사람 생각의 소산이다.' 라고 한 말은 마르쿠스 아우렐리우스가 1,800년 전에 《명상록》에 기록했던 당시부터 현재까지 그 신선함을 잃지 않고 있다.

– 데일 카네기

인생에서 성공하는 사람은,
좋은 기회가 오면 즉시 그것을 받아들일 수 있는
마음가짐이 되어 있는 사람이다.
– 벤자민 디즈레일리

칭찬은 능력을 키운다

현대 과학이 발견한 법칙에 의하면, 어릴 적에 칭찬을 받으며 자란 아이가 야단을 맞으며 자란 아이보다 어질다고 한다. 만일 당신의 부하 중에 눈치가 없는 사람이 있다면, 그것은 아마도 당신의 사람을 다루는 방법 탓일 것이다. 칭찬에는 언제나 능력을 키우는 힘이 있다.

– 토머스 드라이어

실패란 없다

천재는 끊임없이 노력을 계속할 수 있는 사람이다.

실패와 성공 사이를 갈라놓는 선은 너무나 미묘하기 때문에, 가령 타고 넘어가도 잘 모른다. 조금만 더 참고 노력하면 꼭 성공할 수 있을 텐데, 거기까지 와서 계획을 포기하는 사람이 너무나도 많다.

바닷물이 모두 빠질 때는, 또다시 밀려서 들어온다는 전조이다. 전망은 실제로, 밝을 때가 가장 어둡게 보이는 법이다. 절망이라고 생각될 때에도 조금만 힘을 쓰면, 조금만 더 밀어붙이면 빛나는 성공이 기다리고 있을지도 모른다.

하고자 하는 의욕을 잃어버리지 않는 한 실패란 있을 수 없으며, 우리들이 태어날 때부터 가지고 있는 마음의 약함 이외에는 넘지 못할 장애물은 아무것도 없다.

- 앨버트 허버트

선배들의 지혜를 빌려라

누구나 자기가 제일 잘났다고 생각한다. 그래서 이미 경험한 선배의 지혜를 빌리지 않은 채 많은 사람들이 실패한 길을 반복해서 헤매게 되는 것이다. 이 무슨 어리석은 짓이랴. 그렇다면 선배들이 찾고 헤맨 것이 진보의 역할을 못하는 것이 아닌가. 뒤에 가는 자는 먼저 간 사람의 경험을 이용하여 두 번 다시 실패와 헤매는 일을 되풀이하지 않아야 한다. 그리고 그것을 넘어서서 보다 나아져야 된다.

– J. W. 괴테

제2장

소중한 오늘을 살아라

시간은 기다려주지 않는다

시간이 언제나 당신을 기다리고 있다고 생각지 마라. 게을리 걸어도 결국 목적지에 도달할 날이 있으리라는 생각은 잘못이다. 하루하루 전력을 다하지 않고는 그날의 보람이 없을 것이며, 동시에 최후의 목표에 도달하지 못할 것이다.

의미 있는 일에 복종하는 것이 인간의 지혜다. 그것을 방해하는 것을 정복해 나가는 것이 생활이다. 정복이 없이는 생활의 내용을 얻지 못한다. 생활을 나의 것으로 하려면 정복이 필요하다. 하루가 우리에게는 정복의 노력으로 빛나야 한다.

미래를 믿지 마라

고난에 직면했을 때 나에게 그 문제를 해결할 수 있는 좋은 방법이 있으면 그 방법을 쓴다. 그러나 도무지 어떻게 할 수 없을 경우에는 깨끗하게 잊어버리기로 하는 것이다.

나는 미래를 결코 생각하지 않는다. 어떤 인간이라도 미래의 일은 결코 예측할 수가 없기 때문이다. 미래를 움직이는 힘의 수는 너무나도 많다. 이러한 힘의 원동력이 무엇인지는 아무도 알 수 없으며, 또 그 본질 역시 이해할 수가 없다. 무슨 일이든 염려를 한다고 해서 되는 일은 아무것도 없다.

- K. T. 켈러

하루가 파티 같은 시간이 되게 하라

한 척의 유람선이 지중해의 푸른 물 위를 부드럽게 나아가고 있었다. 그 아름다운 풍경 못지않게 배 안에는 보기 좋은 승객들이 타고 있다. 기쁨에 들떠 있는 젊은 남녀들, 휴가를 즐기는 행복한 부부들의 모습은 보는 사람으로 하여금 흐뭇한 감정이 들게 하기에 충분했다.

수많은 승객 사이로 60이 조금 넘은 노부인 혼자서 갑판을 산책하고 있었다. 비록 혼자임에도 눈부시게 밝은 미소를 띠고 있었다. 그녀는 예전에도 지중해의 유람선을 탄 적이 있었다. 그때는 지금과는 너무나 다른 상황이었다. 40년쯤 전의 그때는 행복이 넘쳐나는 신혼여행이었고, 그녀 옆에는 믿음직한 남편이 있었다. 그러나 남편이 세상을 떠난 지금 그녀 곁에는 아무도 없다.

이제 그녀는 다시 행복을 찾기 위해 두 번째 여행길에 오른 것이다. 남편은 그녀에게 사랑 그 자체였고, 생명력의 원천이었다. 그러나 그것은 이미 지난 일이었다.

그녀는 남편을 잃었고, 비탄에 빠졌다. 그나마 다행이라면, 그녀에게 남편 다음으로 관심을 가지고 있었던 대상이 있었다는 것이다. 그림 그리기가 그녀의 취미였던 것이 지금은 중요한 삶의 일부가 되어 버린 것이다. 그림 그리기는 가슴 아픈 나날 속에서 그녀의 버팀목이 되었을 뿐만 아니라, '독립'이라는 큰 선물을 주었다.

그러나 사람 만나기를 꺼려하는 것은 여전했다. 항상 그녀 옆에서 힘이 되어 주던 남편에게 길들여져 있었기 때문이다.

'이제 어떻게 하면 좋을까?' 그녀는 지금의 상황에서 벗어나야 한다는 것을 잘 알고 있었다. 새로운 친구들을 만들고 새로운 삶을 가꾸어 가야 한다는 사실을 깨닫고 있었다. 그런데 그녀는 미인도 아니고, 부자도 아니었다. 그렇다면 어떻게 해야 할까? 그녀는 오랫동안 고민했다.

마침내 발견한 해답은, 시간을 아무렇게나 낭비할 것이 아니라 사람들이 자신을 받아들이게끔 노력하는 것뿐이라는 사실이었다. 다른 사람이 손을 내밀기를 기다릴 것이 아니라 자기가 먼저 손을 내밀자는 것이었다.

그녀는 눈물 대신 미소를 선택했다. 그리고 그림을 열심히 그렸다. 옛 친구를 찾아가서는 명랑하게 웃었고, 농담도 나누었다. 물론 적당한 시간에 작별 인사를 하는 것도 잊지 않았다. 어느새 그녀는 자신도 모르는 사이에 만찬석상의 초대 손님으로 불리는 몸이 되어 있었다. 때로는 그녀의 그림을 마을 회관에 진열해 달라는 의뢰가 들어오기도 했다.

마침내 어느 날 아침, 그녀는 상복을 벗어 던지고 침대를 박차고 나왔다. 그리고 새로운 인생을 위해 출발하기로 결정했다. 소중한 오늘은 두 번 다시 돌아오지 않는 것이다.

아침부터 저녁까지 하루를 짧게 하는 좋은 방법이 있다. 윗사람의 눈을 적당히 속여서 15분 가량 지각하고, 오후에는 15분 가량 일찍 퇴근하는 것이다. 또 점심 시간을 5분 가량 연장시키는 것이다. 그러면 하루를 최소한 30분 이상을 남들보다 짧게 보내는 것이다.

그러나 그런다고 해서 하루가 짧아지는 것은 결코 아니다. 오히려 하루가 점점 더 길게 느껴질 뿐이다. 그런

짓을 할 때마다 당신은 필요 이상으로 시계를 의식하게 되기 때문이다. 시간이 가기만을 기다리고 있으면, 주전자의 물이 끓기를 지켜보고 있을 때처럼 지루함이 가중되고 온 신경을 집중시켜야 한다. 영리한 사람은 자기가 하는 일에서 지루함을 없애는 가장 효과적인 방법을 알고 있다. 그는 일하는 시간을 휴가처럼 즐겁고 재미있는 시간으로 연출할 수 있다. 농담이 아니다. 그것은 가능한 일이다! 분명히 요령은 있다. 그것은 '시간의 마법' 같은 것이다.

이를테면, 우리는 일곱 시에 파티에 참석해서 심야까지 놀더라도 지루한 마음은 전혀 들지 않는다. 그 시간은 거의 하루의 노동 시간과 같다. 그러나 흥미롭고 즐거운 시간이기 때문에 쏜살같이 지나간다. 어떤 일에 마음을 빼앗기면 시간은 금세 지나가 버리고 마는 것이다. 바로 그러한 기분을 느끼는 것이 시간을 유용하고 흥미롭게 보내는 요령이다.

소중한 시간을 막연한 기대나 헛된 상상으로 보내서는 아무것도 얻을 수 없다. 자신이 해야 할 일에 애정을 가지고 매달려야 하는 것이다.

일하는 손

　과거 전 세계의 역사를 돌이켜보더라도, 집을 만들고 새로운 것을 발명하며 미개의 세계를 개척하는 '인간의 손'이 있다.

　'손'은 인간의 강함과 위대함을 나타내는 상징이다. 나무를 깎고 톱으로 켜며 무엇인가를 새기고 여러 종류의 제품을 만들어 내는 기계공의 거친 손은, 들판의 꽃을 그리고 아름다운 항아리를 만들어 내는 예술가의 창조적인 손이나, 법률과 제도를 만드는 정치가의 손에 비교해도 결코 뒤지지 않는다. 인간이 제아무리 창조적이라 할지라도 손이 없다면 아무것도 창조할 수 없는 것이다

　'손'이란 정말 위대한 것이다. 일하는 '손'은 찬양받아 마땅하다!

– 헬렌 켈러

자신의 일에 몰두하라

자기 스스로 어떤 일을 하고 싶은가를 찾아내고, 전력을 다하여 그 일에 몰두하라. 다른 사람보다 한 걸음 앞서고 싶다면 장래의 계획은 자기 자신이 정해야 한다. 자신이 몰두할 수 있는 일에서 의욕과 힘을 찾고, 성공을 향한 길로 힘껏 나아가라!

– 그레이엄 벨

어떤 일에 열중하기 위해서는 그 일의 가치를 굳게 믿고,
자신에게 그것을 성취할 힘이 있다고 믿으며,
적극적으로 그것을 이루겠다는 마음을 가져야 한다.
그러면 낮이 가고 밤이 오듯이 저절로 그 일에 열중하게 된다.
– 데일 카네기

근면은 가장 좋은 명약

오래 전에 나의 아버지가 들려 주신 한 말씀은, 그로 부터 계속 나의 좌우명이 되었다. 아버지는 의사였다. 당시 부다페스트 대학에서 법률학을 배우기 시작한 나 는 운 나쁘게도 한 과목 시험에 떨어져서 부끄러운 나 머지, 이럴 때 제일 위로가 되는 '술'에 의지하게 되었 다. 정확히 말하면, 아프리콧 브랜디였다.

그때 뜻밖에도 아버지가 찾아오셨다. 아버지는 과연 명의였다. 일순간에 나의 고뇌와 다락에 감춰둔 술병을 찾아내셨고, 나는 현실을 도피하게 된 이유를 고백해야 만 했다. 그러자 사랑스러운 노인은 그 자리에서 한 봉 지의 명약을 조제해 주셨다. 술이나 수면제, 또는 어떤 약이라 하더라도 그런 것으로 현실에서 도피할 수 있는 것은 아니다. 슬픔을 고치는 약은 이 세상에 단 하나밖 에 없다. 더구나 그것은 제일 잘 듣고 제일 안전한 약이 다. 바로 '근면'이라고 하는 약 말이다.

아버지가 말씀하신 대로였다. 처음에는 이 약에 익숙해지기가 약간 힘겨울지 모르나 인간은 곧 근면해지게 마련이다. 그리고 곧 그것으로부터 빠져 나올 수 없게 된다. 나는 지난 50년 동안 근면을 사랑하는 습관에서 빠져 나올 수가 없었다.

– 페랭크 모르나르

매일 아침에 일어나면
좋건 나쁘건 간에 해야 할 일이 있다는 것을 감사하게 생각하자.
아무튼 열심히 일하고 최선을 다한다면
마침내는 절제, 자제심, 근면, 굳센 의지, 만족감이라는,
나태한 사람에게서는 상상할 수도 없는
여러 가지의 미덕을 갖추게 될 것이다.

– 찰스 킹슬리

들기 좋은 달콤한 말

장점과 단점을 모두 지니고 있는 자기 자신을 안다면, 어떠한 감언이설에도 몸을 버리지 않는다. 들기 좋은 달콤한 말은 경고가 될 수 있으며, 겸손에 대한 권고도 될 수 있고, 인생의 길잡이도 될 수 있다. 왜냐하면 그런 말을 하는 사람이 가장 칭찬하는 것들 속에는 자기 자신의 가장 큰 결점이 숨겨져 있기 때문이다.

– 마르틴 F. 티파

이 세상에서 사람을 가장 피로하게 만드는 것은,
자기 자신을 속이는 마음이다.
– 안 린드버그

열심히 일한다는 것

행복이란 근면의 대가라는 것을 명심하라. 아름다운 것을 생각하거나 그 아름다움을 마음속에 품은 것만으로도 행복해진다고 생각한다면, 커다란 오산이다. 그렇다면 한 번 그 '아름다움'을 먹어 보라! 행복의 여신은 그렇게 간단히 찾아오지 않는다. 사랑하는 그녀의 마음에 들고 싶다면 일을 하라. 자신을 돌보지 말고 남을 위해 일하는 것이다. 열심히 일한다는 것은 참으로 훌륭하다. 그렇게 되면 딴생각은 아예 할 수가 없게 된다.

나는 종종 장시간에 걸쳐 묵묵히 노동에 열중할 때가 있다. 머리에 떠오르는 것은 오직 열심히 일을 계속한다는 것뿐이다. 그러면 갑자기 전 세계가 나의 주위에 활짝 열린 듯한 기분이 들 때가 있다. 그 아름다움, 그 의미를 느끼고 있노라면 무어라 형언할 수 없는 행복감이 무럭무럭 피어오른다. 참된 만족이란 바로 이런 상태를 가리키는 것이리라.

– 데이비드 그레이슨

과거에 집착하면

과거에 지나치게 집착하면 인생은 곧 지옥이 된다.

'조금만 더 노력했더라면 그 일은 틀림없이 해낼 수 있었을 텐데……'

'에이, 모처럼의 기회를 아깝게 놓쳐 버렸잖아!'

'잘 할 수 있었던 일인데, 왜 못했을까?'

'이미 늦었다.' 라는 말을 하는 순간, 인생은 지옥이 되고 마는 것이다.

– 아이젠하워

내일을 이룩한다는 일의 목적은,
무엇을 내일부터 시작할 것인가를 결정하는 것이 아니라,
내일이 있게 하기 위해서
오늘 무엇을 해야 할 것인가를 결정하는 데에 있다.

– P. F. 드러커

선량한 사람

깨끗하고 선량한 사람의 마음에는 타락이나 쾌락과 같은 한 점의 오점도 존재하지 않는다. 무대에 나갈 차례가 되어 당황하며 준비를 시작하는 배우와는 달라서, 이러한 사람들은 언제 어느 때 죽음이 찾아와도 당황하지 않는 법이다. 그는 뒷걸음질치며 피하지도 않는다. 인생의 노예도 아니며, 인간으로서의 의무에 무관심하지도 않다. 그에게는 죄에 해당되는 것이나 부끄러워할 부분이 하나도 없다.

선량한 사람의 인생이 얼마나 훌륭한가를 시험해 보라. 그는 하늘이 내려 준 자신의 분수를 지키며, 그 속에서 만족스럽게 사는 사람이다. 그의 행동은 올바르고, 모든 사람에게 친절하다. 매일을 마치 이 세상 최후의 날과 같이 살며, 조용하고 진실하며, 운명에 거역하지도 않는 사람, 이러한 사람이야말로 도덕적으로 완성된 인간일 것이다.

– 마르쿠스 아우렐리우스

인생은 모래시계

인생은 모래시계와 같은 것이다. 모래시계의 두 개의 병은 아주 가느다란 통로로 연결되어 있어서, 한 번에 모래알 하나밖에 통과하지 못하게 되어 있다. 이것이 인생의 참된 모습이다. 가령 아주 바쁜 날이라 해도 해결해야 할 일은 한 가지씩 모습을 나타낸다.

인생 만사가 이와 같은 것이다. 그날 안으로 해야 할 일이나 문제는, 아무리 많더라도 반드시 한 번에 하나씩 찾아오는 법이다.

– 제임스 고든 길키

세월의 힘

정신이 건전한 사람은 자기에게 어떤 결점이나 부족한 점이 있다 하더라도 다른 능력을 발휘하여 그 부족한 점을 보충하는 방법을 찾는다. 마이너스를 플러스로 전환시키는 점에 인생의 묘미가 있다.

소경은 보지 못하는 대신 귀로 판단하는 청각이 보통 이상으로 예민하다. 왼손이 오른손에 비하여 부자유한 것은, 오른손만 쓰고 왼손을 사용하지 않았기 때문이다. 왼손도 자주 사용하면 오른손과 같이 자유롭게 쓸 수가 있다.

길들이면 유용하게 쓸 수 있는 능력을 우리는 많이 가지고 있는 것이다. 당신의 약점이나 결점을 찾아내고, 그것을 보충할 수 있는 다른 능력을 개척하도록 힘쓰라.

－ㄴ 굴드

현재를 꼭 붙잡아라

순간순간 지나가는 시간에는 무한한 가치가 있다. 항상 현재를 꼭 붙잡아라! 나는 현재에 나의 모든 것을 걸고 있다. 한 장의 트럼프에 거액을 건 것처럼, 현재를 있는 그대로, 될 수 있으면 제일 값비싼 것으로 만들기 위해 최선을 다하고 있다.

- 괴테

내일을 시작하기 전에 오늘을 완전히 끝내자.
오늘과 내일 사이에는 잠이라는 벽을 놓아둔다.
그렇게 하려면 절제하는 마음가짐이 필요하다.
- 에머슨

세월이라는 이름의 강물

세월이란 강물은 언제나 같은 속도로, 한 번도 되돌아보는 법 없이 도도히 흘러간다. 그 흐름을 멈출 수만 있다면, 또는 흐름을 조금만 더 빠르게 할 수 있다면 하고 생각할 때도 있을 것이다. 하지만 그것은 아무리 바라고 노력한다 해도 헛된 일이다. 사람들이 일하거나 잠들어 있을 때, 무언가에 열중할 때, 게으름을 피울 때도 세월이란 강물은 유유히 흘러가고 있다.

인간이 시간이란 강을 이용할 수 있는 것은, '오늘의 생활'이란 수레를 돌릴 때뿐이다. 한 번 눈앞에서 흘러가 버리면, 시간이라는 강은 다시 되돌아오지 않는 영원이라는 바다로 들어가게 된다. 물론 다음 기회도 있을 것이다. 이어서 흘러오는 또 다른 물결이 있을 것이다. 하지만 이용하는 일 없이 흘러가 버린 것은 완전히 없어진 것이며, 그것은 다시금 우리들 앞에 되돌아오지 않는다.

– 에드워드 하위드 그릭스

오늘은 최상의 날

인생을 즐겨야 할 때는 지금 현재뿐이다. 내일이나 내년이나, 더구나 죽은 후 저 세상에 가서 즐길 수 있는 인생이란 없다. 한층 더 풍부한 내년의 생활을 대비하기 위한 최상의 시간은, 즐거운 금년의 생활이다. 풍족한 미래를 이룩한다는 신념은 풍족한 현재를 이룬다는 신념을 갖지 않는 한, 별로 가치가 없다. 오늘이야말로 항상 우리들의 날이어야 한다.

- 토머스 드라이어

지금 손에 쥐고 있는 시간

시간은 말로써는 이루 다 표현하기 힘들 정도로 만물의 재료이다. 시간이 있으면 모든 것이 가능하며, 또 그것 없이는 그 무엇도 불가능하다. 시간이 날마다 모든 사람에게 똑같이 주어지는 것은 정말 기적과 같다.

자, 당신 손에는 당신의 '인생'이라는, 대우주에서 이제까지 짜여진 일이 없는 24시간이라는 실이 쥐어져 있다. 이제 당신은 이 세상에서 가장 귀중한 보물을 자유롭게 사용할 수가 있는 것이다.

이 매일 매일의 24시간이야말로 당신 인생의 식량이다. 당신은 그 속에서 건강과 즐거움, 수입, 만족, 타인으로부터의 존경, 그리고 영혼의 발전 등을 이루는 것이다. 이것을 올바르게 가장 효과적으로 쓴다는 것은 더욱 긴박한, 더욱 가슴이 설레는 현실이다. 모든 것은 이것이 있어서 비로소 가능하다. 당신의 행복도 이것이 있음으로써 가능하다.

– 아놀드 버넷

시간의 소중함

타인과 만날 약속을 가질 수 있다는 것은 그만큼 상대방의 신용을 얻었다는 표시이다. 만일 약속을 어긴다면, 그것은 상대로부터 도둑질을 한 것이다. 돈을 훔쳤다는 게 아니라, '인생'이라고 하는 은행에서 시간을 훔쳤다는 말이다. 상대방에게 있어서 일생에 다시는 되찾을 수 없는 귀중한 시간을.

– 데일 카네기

오늘만큼은

　'사람은 자기 스스로 행복해지려고 결심한 만큼만 행복해진다.' 라고 한 링컨의 말은 전적으로 옳다. 행복은 내부에서 일어난다. 결코 외부의 문제가 아니다.

　오늘만큼은 행복하자. 오늘만큼은 사물에 맞춰서 행동하자. 무엇이나 자기 욕망대로만 하려고 말자. 가족의 일이나 운도 그대로 받아들이기로 하고 내 쪽에서 스스로 그것에 맞춰 나가자.

　오늘만큼은 몸을 조심하자. 운동을 하고, 소중하게 위해 주고, 고른 영향을 섭취하자. 혹사시키거나 무시하지 말자. 그렇게만 하면 몸은 뜻한 대로 움직이게 된다.

　오늘만큼은 자신의 마음을 강하게 하자. 무엇인가 유익한 일을 배우자. 정신적으로 나태해지지 않게 하자. 무언가 노력과 사고와 집중력을 필요로 하는 책을 읽도록 하자.

　오늘만큼은 영혼을 훈련시켜 남이 눈치 채지 않도록

친절을 베풀어 주자. 또 자기가 하고 싶지 않은 일을 최소한 두 가지는 하자. 이것은 윌리엄 제임스가 권하는 것인데, 건전한 정신적인 운동이 된다.

오늘만큼은 기분 좋게 있도록 하자. 될 수 있으면 상냥한 얼굴 표정을 짓고, 될 수 있다면 자기에게 어울리는 복장을 하고, 조용한 목소리로 이야기를 하며, 예절 바르게 행동하고 아낌없이 남을 칭찬하자. 비난을 하거나 결점을 찾지 말고 남을 타이르거나 야단치는 일도 하지 말자.

오늘만큼은 이 하루가 살 보람이 있는 것으로 하자. 인생의 모든 문제를 한꺼번에 해결하려고 하지 말자. 일생 동안 지켜나갈 기분으로 시작한다면 비록 12시간만에라도 스스로 깜짝 놀랄 만한 성과를 거둘 것이다.

오늘만큼은 계획을 세우자. 매시간의 예정표를 만들자. 설사 그대로 되지 않더라도 할 수 있는 데까지는 해보자. '조급함'과 '망설임'이라는 두 가지 해충을 없애기 위해서.

오늘만큼은 30분쯤 자신을 위한 휴식 시간을 가지고 생각해 보자. 그동안에 때때로 하느님 또는 부처님을 생각하고, 인생에 더욱 넓은 시야를 제공하자.

오늘만큼은 두려워하지 말자. 특히 자기가 행복해진 다는 것, 아름다움을 즐긴다는 것, 사랑한다는 것, 그리고 나의 사랑하는 사람이 나를 사랑해 준다고 믿는 것을 두려워하지 말자.

– 시빌 F. 패트리지

있는 그대로 살자

인간은 스스로 노력하여 얻는 결과만큼 행복해진다. 다만 그러기 위해서는 행복한 생활에 무엇이 필요한가를 먼저 알아야 한다.

검소한 기호, 어느 정도의 용기, 어느 정도까지의 자기 부정, 일에 대한 애정, 그리고 무엇보다도 맑은 양심이 필요한 것이다.

나는 지금 행복은 막연한 꿈이 아니라고 확신하고 있다. 경험과 사고를 올바르게 활용함으로써 인간은 자기 자신으로부터 많은 것을 끌어낼 수가 있다. 결단과 인내에 의해서 인간은 자기의 건강을 되찾을 수도 있게 된다. 그러므로 인생을 있는 그대로 살자. 그리고 감사함을 잊지 말도록 하자.

- 조르주 샌드

삶을 위한 교훈

1. 마음속에 딴 생각이 없으면 몸이 편하다.
2. 마음속에 자만이 있으면 존경심을 잃는다.
3. 마음속에 욕심이 없으면 의리를 행한다.
4. 마음속에 사심이 없으면 의심받지 않는다.
5. 마음속에 노여움이 없으면 말씨도 부드러워진다.
6. 마음속에 용기가 있으면 뉘우침이 없다.
7. 마음속에 인내가 있으면 일을 잘 다룬다.
8. 마음속에 탐심(貪心)이 없으면 남에게 아부를 하지 않는다.
9. 마음속에 미혹이 없으면 남을 의심하지 않는다.
10. 마음속에 잘못이 없으면 남을 두려워하지 않는다.
11. 마음속에 흐림이 없으면 항상 고요를 지킬 수 있다.
12. 마음속에 교만이 없으면 남을 공경한다.

인생을 새로 시작하는 방법

1. 인생을 새로 시작하기를 원한다면 오늘 바로 나는 새 인생을 시작한다.
2. 인생을 새로 시작하기를 원한다면 오늘 바로 나는 사랑을 실천한다.
3. 인생을 새로 시작하기를 원한다면 나는 성공할 때까지 끈기력을 발휘한다.
4. 인생을 새로 시작하기를 원한다면 나는 자연계에서 가장 위대한 피조물임을 인식한다.
5. 인생을 새로 시작하기를 원한다면 오늘부터라도 나는 오늘이 내 인생의 마지막이라고 간주하며 산다.
6. 인생을 새로 시작하기를 원한다면 오늘부터라도 나는 내 감정의 조정자가 될 것이다.
7. 인생을 새로 시작하기를 원한다면 오늘부터라도 나는 웃음으로 세상을 대할 것이다.

8. 인생을 새로 시작하기를 원한다면 오늘부터라도
   나는 내 능력을 최대로 발휘할 것이다.
9. 인생을 새로 시작하기를 원한다면 오늘부터라도
   나는 오늘 할 일은 오늘 한다.

제3장

성숙한 인격이 가져다 주는
성공 비결

사람을 움직이는 최선의 방법

사람을 움직이는 최선의 방법은, 먼저 상대방의 마음 속에 강한 욕구를 불러일으키는 것이다. 무릇 사람을 움직이려는 사람은 이 사실을 명확히 기억해 둘 필요가 있다. 상대방의 욕구를 불러일으키는 사람은 만인의 의지를 얻는데 성공할 것이며, 그렇지 못한 사람은 한 사람의 지지자도 얻지 못할 것이다.

'상대방의 입장이 되어 볼 수 있고, 상대방의 마음을 이해할 수 있는 사람이라면, 장래를 걱정할 필요가 없다.' 오웬 D. 영의 말이다. 만약 당신이 스스로 상대방의 입장이 되어 볼 수 있고, 상대방의 입장에서 사물을 볼 수 있는 능력을 터득할 수만 있다면, 그것으로 성공에의 첫발을 내디딘 것이나 다름없다.

훌륭한 습관은 성공의 기본 조건

자신의 나쁜 습관을 바꿈으로써 우리는 성공에 좀 더 가까이 다가갈 수 있다. 상대방에 대한 배려와 미소가 그 중 하나이다.

윌리엄 B. 스타인하트라는 사람은 결혼한 지 벌써 18년이 지났지만, 아침에 일어나서 출근할 때까지 아직 한 번도 아내에게 웃는 낯을 보인 적이 없었다. 말조차 별로 주고받는 적이 없었다. 이처럼 그는 세상에서 보기 드물 정도로 성격이 까다로운 사람이었다.

그러나 누군가의 충고로 시험 삼아 1주일 동안만 미소를 지어보기로 마음먹었다. 그 이튿날 아침, 그는 머리를 빗으면서 거울에 비친 무표정한 자신의 얼굴을 향해 이렇게 중얼거렸다.

"빌, 오늘은 잔뜩 찌푸린 얼굴을 버리고 웃는 모습을 보여 주라고. 어때? 자, 어디 한 번 웃어 볼까?"

잠시 후 그는 식탁에 앉으면서 아내에게 아침 인사를

건네고 미소를 지었다. 아내는 그가 생각했던 것 이상으로 많이 놀란 눈치였다. 그러면서도 기뻐서 어쩔 줄을 몰라했다. 그렇게 좋아하는 아내의 모습을 본 순간, 그는 이제부터 매일 이렇게 할 것이라며 마음속으로 다짐을 했고, 지금까지 계속하고 있다.

지금은 매일 아침 출근할 때마다 아파트의 엘리베이터 안에서 만나는 사람들과 웃는 낯으로 인사를 나누게 되었다. 물론 수위 아저씨한테도 미소와 함께 다정한 아침 인사를 건네게 되었다. 그러자 모두들 다정한 미소로 그를 반겨주기 시작했다. 불평이나 말썽거리를 가져오는 사람에게도 그는 늘 명랑한 태도로 맞이하려고 노력했다. 상대방이 잔뜩 화가 난 얼굴로 항의를 해도 미소를 잃지 않고 상냥하게 대하면, 그 역시 분노를 누그러뜨리려고 노력하게 되므로 서로의 문제점을 해결하기가 한결 쉬워지게 마련이다. 미소 덕분으로 그의 수입도 두드러지게 증가했다.

그는 미소를 짓는 것에 만족하지 않고, 될 수 있는 한 다른 사람에 대한 비판이나 단점을 지적하지 않기로 했다. 대신 그 사람을 칭찬해 주기로 마음먹었다. 그러자

차 한 잔의 명상

말 그대로 그의 생활에 혁명적인 변화가 일어났다. 수입도 늘어나고, 많은 친구들도 사귀게 된 것이다. 미소를 짓는 습관을 가지게 된 그는 가정에서뿐만 아니라, 직장에서도 성공한 사람이다.

어떤 심리학자는, 습관이란 하나의 행위를 단순히 반복한다고 해서 생기는 것은 아니라고 주장한다. 그는 사람의 행동이 습관으로 인정받기 위해서는 누구라도 이해할 수 있는 타당한 이유가 있어야 한다는 것이다.

그렇다면 사람들이 굳어진 사고방식을 바꾸지 않을 뿐만 아니라, 어떤 행동을 고집스럽게 반복하는 이유는 무엇일까? 이것은 지금까지 그렇게 해왔기 때문만은 절대 아니다. 어떤 일로 인해 이익을 본 경험이 있기 때문이다. 예를 들면, 어떤 사람이 새로운 일을 시작해야 할지 말아야 할지 망설이고 있었다. 그는 판단을 내리기에 앞서 친지나 친구들에게 조언을 구했다. 그렇게 한 까닭은 주위 사람들에게 조언을 듣게 됨으로써 심리적인 안정을 얻을 수 있었기 때문이다. 그리고 그런 과정을 거침으로써 자신감도 가질 수 있기 때문에 이런 행동이 습관으로 굳어진 것이다.

달리 생각해 보면, 사람들은 습관을 통해 이익을 얻게 되는 경우가 더 많다고 여기기 때문에 쉽게 버리지 못하기도 한다. 그러나 엄밀히 생각해 보면 습관 때문에 생긴 이익이란 실질적인 것일 수도 있지만, 사람들의 상상에 의해서 그렇게 생각되는 경우도 있다. 그렇지만 습관이 이익을 가져다 준다고 믿고 있는 한, 누구나 하찮은 습관일망정 버리기를 꺼려하며 평생 동안 그것에 얽매여 살게 된다. 더군다나 습관 때문에 많은 이익을 얻는다는 생각이 강하면 강할수록 습관은 더욱 깊은 뿌리를 내리게 되고, 그 힘은 더욱 커지게 마련이다.

이처럼 습관을 어떻게 가지는가 하는 것은 참으로 중요한 문제이다. 그것은 사람들의 감정이나 행동 등 모든 방면에 커다란 영향을 미칠 뿐만 아니라, 직접적으로 간섭을 하기도 하기 때문이다. 그만큼 습관은 사람의 정신을 지배한다. 따라서 좋은 습관은 사람을 바르고 강하게 만들지만, 나쁜 습관은 사람을 나약하게 만들거나 황폐화시키기도 하는 것이다. '좋은 습관은 약간의 희생들을 쌓아 올림으로써 길러지는 것'이라는 사실을 기억하라. 이것이 성공의 밑거름이다.

좋은 습관은 계속 이어가라

다음의 물음에 자신 있게 '예.' 라고 대답할 수 있다면, 당신은 좋은 습관을 가지고 있는 것이다. 좋은 습관이야말로 성공을 위한 기본 조건이다.

1. 당신은 정말 이기적인 사람과는 인연이 멀다고 생각하는가?
2. 당신은 항상 겉치레보다는 자연스러운 행동을 하려고 하는가?
3. 당신은 소문을 퍼뜨리는 사람이 되지 않기 위해 조심하고 있는가?
4. 당신은 다른 사람을 원망하는 일을 하지 않는가?
5. 당신은 다른 사람을 조롱하는 일을 하지 않는가?
6. 당신은 다른 사람의 과오를 지적하는 일에 주저하고 있는가?

새로운 집단에 들어가면

새로운 집단에 들어가면 그 집단의 분위기를 잘 알아보고 자기를 거기에 맞추려고 노력해야 한다. 그래야 교제도 자유롭고 꾸밈이 없게 된다.

그리고 대화를 나눌 때는 되도록 '그것이 이렇습니까?' '이렇지는 않은가요?' 라는 식으로 우회적인 말을 쓰도록 하며, 확정적으로 단언하지 말아야 한다.

신참으로서 하나라도 가르침을 받아야 하며, 남을 가르치려고 해서는 절대 안 된다. 이런 방법으로 해 나간다면 상대방에 대한 경의가 어떤 것인가를 알게 될 것이고, 그러면 상대는 기꺼이 자기가 알고 있는 것을 가르쳐 줄 것이다. 만일 겸손한 태도를 보이지 않으면 상대방은 당신을 경멸하며 입씨름만 초래할 뿐이다. 자신을 상대방보다 더 영리하게 보여도, 또 어리석게 보여도 얻는 바는 없다.

그리고 어떤 일이든 거절해서는 안 된다. 부드럽게

받아들이지 않으면 갑작스런 패배의 쓰라린 꼴을 당하게 된다. 설사 상대가 보잘것없는 인물일지라도, 상대를 칭찬하는 편이 안전하다.

칭찬은 비난만큼 반발을 일으키지 않는 것이고, 적어도 상대방이 싫어하지는 않는다. 누구나 자기를 칭찬해 주면 상대에게 호감을 보여 줄 것이다. 다만 남을 끌어들여서 칭찬하는 것은 피하는 것이 좋다.

– 아이작 뉴턴

정면으로 타인을 비난하는 것은 좋지 않다.
그것은 창피를 주는 일이 되기 때문이다.
또 보이지 않는 곳에서 타인을 비난하는 것은 불성실하다.
덕(德)을 기만하는 것이 되기 때문이다.
제일 좋은 방법은 타인의 결점을 찾지 않는 일이다.
타인의 결점을 잊어버리고,
자신의 결점을 찾아내서 고칠 수 있도록 깊이 명심하라.
– L. N. 톨스토이

제3장 성숙한 인격이 가져다주는 성공 비결

원인은 당신에게

　당신이 만약 불행하거나 또는 불행의 의식이 있다면, 조용히 가슴에 손을 얹고 당신의 세계관이나 인생관을 반성해 볼 필요가 있다. 당신의 도덕관이나 윤리관이 어떠한 것인가 살펴보아야 한다. 그리고 당신의 그날 그날의 생활 습관이 어떠한 것인가 살펴보라. 아마도 불행의 중요한 원인이 그 속에 들어 있을 것이다.

- B. A. W. 러셀

인생이 견딜 수 없게 되었을 때
우리는 상황이 변화할 것을 기대한다.
그러나 가장 긴요하고 가장 효과적인 변화,
즉 자기 자신의 태도를 바꿔야 한다는 점엔
거의 생각이 미치지 못한다.
그러한 결심을 하기는 어렵다.
- ㄴ 비트겐슈타인

손해에서 이익을

인생에서 가장 소중한 일은 이익을 이용하는 것이 아니다. 그런 것은 어떤 바보라도 할 수가 있다. 정말로 중요한 일은 손해에서 이익을 얻는 일이다. 그러기 위해서는 지혜가 필요하다. 바로 이 점이 영리한 자와 어리석은 자의 갈림길이다.

– 윌리엄 보리스

아무리 불행하게 산다고 해도
영리한 사람은 그 속에서 어떻게 해서든지 이익을 얻는다.
한편 아무리 행복한 인생일지라도
어리석은 자는 그 안에서 마음에 상처를 입는다.

– 라 리슈코프

한 시간 독서법

매우 골치 아픈 문제에 부딪힐 때마다 나는 한 시간 이내에 그 고민을 추방해 버리고 '멋진 인생이여!' 하면서 환호성을 지를 수가 있다.

우선 나는 서재로 들어가서 눈을 감은 채 아무 책이나 한 권을 뽑아들고 눈을 감은 채 아무 곳이나 펼친다. 그리고 한 시간 가량 탐독한다. 읽으면 읽을수록 나는 세계가 항상 고민에 허덕여 왔다는 것, 항상 문화가 파괴 일보 직전에 있다는 것을 통감하게 된다.

역사책의 모든 페이지는 전쟁과 기아, 빈곤, 질병, 그리고 인간들끼리의 비인도적인 행위 등으로 가득 차 있다. 그래서 나는 이렇게 중얼거리게 된다. '그랬구나! 어느 시대에나 현실은 정말 처참한 것이구나!' 그런 과거에 비하면 현재는 훨씬 좋은 방향을 향하고 있음을 깨닫게 되고, 또 지금의 내 괴로움도 되짚어볼 수가 있는 것이다.

- 로저 바브슨

상대방을 즐겁게 하라

상대방에게 정성을 다하라. 말투나 행동이나 몸가짐
은 솔직한 것이 좋다. 남을 가르칠 뿐만 아니라, 즐겁게
해 주는 일도 필요하다. 만일 당신이 남을 웃길 수가 있
다면, 남을 생각하게도 할 수 있을 것이다. 그리고 당신
을 좋아하게 만들어 당신의 말을 믿게 할 수가 있는 것
이다.

– 앨프레드 E. 스미스

상대방을 가르치려는 기색을 나타내지 않으면서 가르치고,
상대방이 모르는 것이라면 아는 것을 내색하지 마라.
상대방보다 현명해지도록 노력하되
자기의 현명함을 상대방이 눈치 채게 해서는 안 된다.
– 체스터필드

괴로움을 해소시키는 운동

　마음이 불쑥 괴로움에 사로잡히고 오아시스를 헤매는 사막의 낙타처럼 언제 끝날지도 모를 번민이 소용돌이치기 시작하면, 나는 운동을 시작해서 이러한 '우울한 기분'을 떨쳐버린다.

　괴로움에 가장 좋은 약은 운동이다. 효과는 즉시 나타난다. 괴로움의 해소에는 뇌 대신 근육을 많이 사용하는 것이 제일이다. 나는 언제나 이 방법을 사용하여 내 괴로움을 해소시키고 있다.

– 에디 이건

상대방의 입장에서

유의해야 할 것은, 상대의 생각이 완전히 잘못된 것이라 할지라도 당사자는 그렇게 생각하지 않고 있다는 점이다. 그렇다고 그 사람을 책망해서는 안 된다. 그것은 어리석은 자가 하는 짓이다. 우선 상대방의 기분을 이해할 수 있도록 노력하라. 그렇게 하는 것이 분별 있고 관대한 인물의 행동이다.

상대방의 생각이나 행복에는 그 나름대로의 이유가 있을 것이다. 그것을 찾아낸다면 상대방 행동의 단서나, 나아가서는 성격의 단서까지도 얻을 수가 있다. 솔직한 기분으로 상대방 입장에 서서 생각해 보자.

- 데일 카네기

상대를 배려하는 화법

나는 남의 감정에 맞서서 거슬리지 않도록, 또 내 의견만이 옳다고 고집을 부리는 일이 없도록 늘 마음을 쓰고 있다. 그뿐만 아니라 이미 결정해 버린 의견을 나타내는 '확실히'라거나 '의심 없이'라는 말조차 쓰지 않는다. 그 대신에 '내가 생각하는 바로는…….' '내가 해석하는 바에 의하면…….' 이라거나, '지금 현시점에서는 이렇게 보이지만…….' 이라고 말을 시작하기로 하고 있다.

또 상대방의 말이 잘못됐다 해도 곧바로 상대방을 면박하는 일을 삼가고, '당신이 말하는 것도 일리는 있으나, 이런 경우에는 왠지 좀 잘 안 맞는 게 아닐까?' 하는 투로 말한다.

이런 식으로 말을 바꿔 보면 얻는 것이 상당히 많다. 전혀 모르는 사람과 대화할 때도 이야기가 술술 잘 풀려 나간다.

직접적인 표현을 삼가고, 상대를 배려하듯이 말하면 상대도 즉시 납득하고, 반대하는 경우도 적어진다. 게다가 내 잘못을 인정하는 것이 그렇게 괴롭지 않게 되며, 또한 내가 올바를 때에는 상대방도 자신의 잘못을 쉽게 인정할 수 있게 된다.

내가 처음 이 방법을 쓰기 시작했을 때에는 타고난 급한 성질 때문에 무척 고생했다. 그러나 어느 사이엔가 척척 할 수 있을 정도로 완전히 습관이 되어 버렸으며, 최근 50년 동안 내가 독선적인 말을 입에 담는 것을 들은 사람은 없었다. 그리고 옛날 제도를 뜯어고치고 새 제도를 제안했을 때, 내 본래의 천성에다 이 제2의 천성이 된 습관이 크나큰 도움이 되었다고 생각한다.

또한 이 방법은, 내가 시의회 의원이 되어서 발언할 때도 큰 도움이 되었다. 나는 원래가 말이 서툴러서 도저히 웅변가라고 말할 수가 없다. 그래서 어휘 선택에 시간이 걸렸고 골라잡은 말도 결코 정확하다고는 할 수 없었는데도, 나는 내 주장을 대개 통과시킬 수 있었다.

– 벤자민 프랭클린

태양과 북풍

가식의 웃음이나 마음에 가면을 쓰지 않고 진심으로 대하는 친절에는 결코 저항할 수가 없다. 만일 이쪽에서 끝까지 계속 친절을 베풀면, 양심이 털끝만큼도 없는 사람이라 하더라도 반드시 받아들여 줄 것이다.

언젠가 북풍과 태양이, '내가 너보다 더 세!', '아니야, 내가 더 세!' 하고 말다툼을 했다. 좀처럼 귀결이 나지 않을 때, 때마침 외투를 입은 나그네가 나타났다.

"저 사람의 외투를 먼저 벗기는 쪽이 이긴 걸로 하자."

"좋아!"

"그럼, 내가 이길 게 뻔하니까 너 먼저 해."

태양이 구름 뒤에 숨자, 북풍은 찬바람을 일으켜 나그네 쪽으로 날려 보내기 시작했다. 그러나 찬바람이 불면 불수록 나그네는 외투를 단단히 여밀 뿐이었다. 아무리 불어대도 끄떡도 하지 않았다. 마침내 북풍은 화가 나서 물러났다.

이번에는 태양이 얼굴을 내밀고, 전력을 다하여 이글거리는 햇볕을 나그네에게 비추기 시작했다. 더워서 견딜 수 없게 된 나그네는 외투의 단추를 풀어헤쳤다. 그러더니 나중에는 완전히 벗어 버리고 나무 그늘에 들어가 누워 버렸다. 역시 태양 쪽이 강했던 것이다.

– 이솝

그 어떠한 고통이나 슬픔, 곤경을 이겨 나가는 데 있어서,
마지막으로 의지하는 것은 자기 자신의 힘 이외에는 없다.

– 스마일즈

생긋이 웃는 습관

생긋이 웃는 비결과 그 효과를 생각해 보자. 우선 세상 사람들에게 진정으로 성의를 가지고 대해야 한다. 이런 마음가짐이 없다면 아무리 생긋이 웃어도 부자연스럽게 보인다. 하지만 남들 앞에서 언제나 생긋이 웃도록 마음을 쓰는 것만으로도 훌륭한 도움이 된다.

미소를 받는 상대방이 행복해 하며, 그 행복이 부메랑처럼 이쪽으로 다시 되돌아오게 된다. 상대방의 기분이 좋아지게 되면 이쪽 기분도 좋아지고, 얼마 후에는 저절로 웃는 얼굴이 된다.

또 생긋이 웃으면 불쾌한 기분이나 어색한 기분이 억제된다. 생긋이 웃어 준다는 것은 상대방을 좋아한다는 것을 간접적으로 전하는 것이므로 상대방에게도 그 기분이 전해지고, 이쪽에게 호감을 갖게 된다. 어쨌든 한 번 생긋이 웃는 습관을 가져 보라. 틀림없이 좋은 수가 있을 것이다.

– 데일 카네기

감정의 도화선

우리의 일상생활에서 가장 조심해야 할 것은, 사소한 감정을 어떻게 처리할 것인가에 있다. 사람은 흔히 큰 불행에 대해서는 체념하지만, 조그마한 기분 나쁜 일에 대해서는 도리어 감정을 억제하지 못한다. 그러니 우리가 마음의 준비를 갖추어야 할 것은, 큰 불행보다는 사소한 일에 있다. 사소한 기분 나쁜 일들은 하루에도 몇 번씩 부딪히는 것이며, 또 그 사소한 일들이 도화선이 되어 큰 불행으로 발전하는 일이 적지 않기 때문이다. 감정이란 그릇을 기울이면 엎질러지는 물과 같은 것이니, 늘 조심성 있게 다룰 필요가 있다. 일단 기울어지면, 평화와 조화가 파괴되는 것을 염두에 두고 기울어지기 쉬운 순간에 억제해야 한다.

– 알랭

대화 예절

예절이 얼마나 중요한가를 그다지 생각하지 않았다면, 여기서 잘 생각해 보는 것이 좋겠다. 다음의 사항을 지킨다면, 예절 바른 습관을 몸에 지닐 수가 있다.

1. 상대의 이야기에 열심히 귀를 기울인다. 지루해 하거나 '그 정도는 나도 알고 있다.'는 따위의 표정은 보이지 마라.

2. 상대방의 말에 참견하지 마라. 만일 참견을 하게 되면, '내 말은 들을 가치가 없다는 것이구나.' 하고 상대방이 오해하게 된다.

3. 첫 대면하는 사람의 이름을 즉시 기억해서, 되도록 그 이름을 써라.

4. 만일 상대방 말이 틀렸더라도 사정없이 공박해서는 안 된다. 하고 싶은 말이 있으면 상대방의 말이 끝난 후, '내 의견은 이러이러한데, 만일 틀렸다면 고쳐 주십시오.' 하고 말한다.

5. 자기가 더 우월하다는 태도를 보이지 마라. 이야기 상대이거나 친구거나, 상대를 얕보는 태도를 보이면 상대의 반감을 살 뿐이다. 만일 이쪽이 정말 훌륭하다 할지라도, 상대방은 그것을 행운의 탓으로 돌리고 결코 이쪽이 더 훌륭하다고는 생각지 않는다.

6. 자기의 생각이 잘못되어 있으면 솔직하게 사과하라.

— 데일 카네기

늘 불평을 말하고 남의 욕을 입에 올리는 사람이 성공한 예는 없다.
쓸데없는 말을 입에 올리지 말아야 한다.
묵묵히 자기 자신을 채찍질하면서 나아가는 동안에,
비로소 사람은 행운을 만날 수 있다.

— C. 탈레랑페리고르

크리스마스의 웃는 얼굴

크리스마스 시즌의 웃는 얼굴, 이보다 더 좋은 선물이 있을까? 밑천은 들지 않고, 이익은 막대하여 줄지 않고, 받은 사람은 풍족해 한다. 일순간 보인 기억이 영원해지는 것이다.

웃음 띤 얼굴은 어떠한 부자일지라도 없어서는 안 되는 것, 아무리 가난할지라도 풍족하게 해 주지 않고는 못 배기는 것이다. 가정에는 행복을, 장사에는 선의를 초래하며, 친구라는 좋은 표시가 되기도 한다.

피로한 삶에게는 휴식이, 실의에 빠진 사람에게는 광명이, 슬픈 사람에게는 태양이 되며, 괴로움을 순간에 없애 버리는 명약!

웃음은 살 수도, 달라고 조를 수도, 훔칠 수도 없는 것이다. 남에게 줌으로써 비로소 값어치가 있는 것이다. 크리스마스 물건을 고르는 많은 손님들을 대하느라 지친 점원이 피곤한 얼굴을 하고 있다면 어떨까? 손님이 웃는 모습을 볼 수는 있을까? 웃음을 잃어버린 사람에게는 웃는 얼굴이 무엇보다도 좋은 대접이 된다.

- 프랭크 어빙 프레처

양보하라

최선을 다하겠다고 생각한다면, 도저히 자기 만족에 빠져 있을 틈이 없다. 더구나 화를 내거나 자기를 억제할 수 없었던 결과로 인해 일어난 것에 책임을 지고 있을 틈도 없다. 상대와 동등한 권리가 있다면, 큰 것은 상대에게 양보하라. 길거리의 개와 도로의 권리를 두고 다투다 물리면 좋겠는가? 개를 죽여도 그 상처는 남는 법이다.

– 링컨

상대방이 불쾌한 말을 할지라도 그것을 싫어하지 않고
도리어 적극적으로 받아들이며,
조금이라도 상대방의 의견을 존중하고 있다는 것을 나타내라.
그렇게 하면 상대방도 내 의견을 존중해 준다.
– 벤자민 프랭클린

낙천주의자

남들에게 지나칠 정도의 낙천주의자로 통하고 있는 나는, 사실 틀림없는 낙천주의자다.

나는 성공할 일만 생각하지, 결코 실패한 일 따위는 생각하지 않는다. 그래서 내가 알지도 못하는 사이에 어느덧 불행에 등을 돌리고, 실패를 두려워하는 기분을 제거해 버리고 만다.

나는 다음과 같은 인생 철학을 실천하고 있다.

어떤 일이라도 충분히 검토하여 내 힘으로 어느 정도까지 해낼 수 있을까를 분명히 판단하고 구분한다. 그런 다음 이 목표를 어떻게 수행할지를 치밀하게 계획한다.

이때 절대로 남이 하는 방법을 흉내 내서는 안 된다. 자기 자신만의 독창적인 방법을 생각해 내서 계획을 세워야 한다.

– 페르디난드 호슈

마음으로부터 우러나오는 설득

상대방을 움직이려 할 때, 강압적인 것이 아니라 마음으로부터 우러나오는 설득의 수단을 쓰도록 하는 것이 중요하다.

'한 방울의 벌꿀은 1갤런의 담즙보다 더 많은 파리를 잡는다.'는 말이 있다. 파리나 인간이나 마찬가지다. 상대방을 자기 의견 쪽으로 끌어들이고 싶을 때는 우선 자기가 상대방과 한편이라는 것을 납득시켜야 한다. 바로 거기에 상대방의 마음을 붙잡는 반 방울의 벌꿀이 있다. 이것이야말로 상대방에게 접근하는 지름길이며, 일단 이것을 얻게 되면 이쪽이 의견을 인식시키는 데 별로 시간이 걸리지 않는다.

반대로 이쪽의 판단을 상대방에게 강요하려 하거나, 행동을 규제하려고 하거나, 또 상대방을 경원하거나 깔보거나 하면, 상대는 자기 껍질 속에 틀어박혀 그의 머리와 마음으로 도달하는 모든 길을 막아 버린다.

강철보다 강하고 예리한 창을 헤라클레스를 능가하는 힘으로 던진다고 해도, 거북이의 등을 밀짚으로 찔러 보는 것 이상의 자극을 주지 못한다. 인간이란 이런 것이다.

따라서 사람들은 설령 자신이 가장 바라고 있는 목표를 이끌어 주는 지도자라 하더라도, 자기의 기분을 이해해 주지 않는 자는 따라가지 않는다.

– 링컨

누군가에게 험한 욕설을 들은 사람은
절대로 상대방의 요구대로 움직여 주지 않는다.
상대방이 강압적으로 나온다면,
이쪽에서도 우격다짐으로 대해 줄 것이다.
그러나 부드러운 태도를 보여 준다면 이야기는 달라진다.
서로의 견해 차이는 인내심과 솔직함을 전제로 한 선의로써
충분히 해결할 수 있다.

– 윌슨

비이기주의자

이기주의란 자기가 원하는 대로 살아 나가는 것이 아니다. 자기가 원하는 대로 살아 나가도록 남에게 강제하는 것이다.

한편 이기주의와 반대되는 입장은, 타인의 생활에 간섭을 하지 않는 일이다. 이기주의자는 주변의 사람이 자신의 이상적인 유형에 꼭 들어맞지 않으면 그것을 승인하지 않는다.

그러나 비이기주의자는 사람의 성격에 무한한 변화가 있다는 것을 바람직한 것으로 생각하고 있으며, 그것을 쾌히 받아들이고 있다.

– 오스카 와일드

사람의 마음가짐

1. 마음으로 볼 때는 잘못 본 것이 아닌지 생각하라.
2. 마음으로 들을 때는 정확하게 들어야겠다고 생각하라.
3. 항상 온화한 얼굴을 가져야겠다고 생각하라.
4. 용모는 항상 조심스러우며 품위가 있어야겠다고 생각하라.
5. 말은 성의 있게 하겠다고 생각하라.
6. 일을 행할 때는 신중해야겠다고 생각하라.
7. 의문에 부딪혔을 때는 박식한 사람에게 물어야겠다고 생각하라.
8. 화가 났을 때는 뒷일의 결과를 차분하게 생각하라.
9. 이익이 있는 일을 발견했을 때는 그것이 도리에 맞는지 생각하라.

제4장

사랑과 우정은
그냥 배달되는 선물이 아니다

참된 친구를 얻으려면

내가 상대방에게 관심을 갖고 있지 않은데, 어떻게 상대방이 나에게 관심을 가질 수 있겠는가? 무조건 상대방을 현혹시켜 관심을 얻으려 한다면, 결코 참된 친구를 얻을 수 없다. 참된 친구란 그런 방법으로는 절대로 만들 수가 없는 법이다.

은쟁반에 받쳐 오는 초대장만을 기다려서는 남에게 호감을 사기가 불가능하다는 것을 알아야 한다. 호감을 사기 위해서는 당신이 먼저 노력하지 않으면 안 된다. 지속적인 우정을 밑바탕으로 하는 대인 관계는 노력해야만 얻을 수 있다. 구호 물품이나 부모에게 받는 용돈처럼 가만히 있는데도 딴 사람이 가져다주는 것은 아니라는 것이다. 스스로 상대방으로부터 호감을 사려고 노력하고, 상대방을 이해할 수 있을 때 가능하게 된다.

가슴이 통하려면 자신을 먼저 열어라

어떤 주제를 가지고 친구와 함께 이야기를 나눈다고 생각해 보자. 당신은 대화를 통해 상대방이 주장하는 내용을 좀 더 정확하게 파악하길 원할 뿐 아니라, 그 사람의 속마음까지 읽고 싶을 것이다. 다시 말하면 그 사람이 가진 생각과 습관, 인간성까지 알고 싶은 것이고, 더 나아가 그 사람이 마음에 든다면 당신의 사람으로 만들고 싶어하는 욕망을 갖게 된다는 것이다.

우리는 많은 사람들과 오랫동안 대화를 주고받는다. 그렇지만 서로 깊은 속마음까지 주고받는 경우는 극히 드물다. 즉 마음이 통한다고 느끼게 되는 경우란 찾아보기 힘든 것이다. 그렇다면 상대방과 뜻이 통하고 서로를 이해하는 대화가 힘든 이유는 무엇일까? 그리고 진솔한 대화를 방해하는 요인들을 없애려면 어떻게 해야 할까?

많은 방해 원인들이 있겠지만, 무엇보다도 중요한 것

은 '나를 포함한 모두가 한 사람의 인간'이라는 사실을 종종 잊어버린다는 점이다.

자신의 생각이나 뜻을 굽힐 필요가 없는 생활을 할 수 있는 경우는, 길들여진 짐승이나 로봇과 함께 살 때 뿐이다. 그러한 것들은 사람이 시키는 대로 움직이기 때문이다. 그러나 우리는 그렇게 살지 못한다. 다양한 인간 관계 속에서 살며 수많은 문제에 부딪히게 되고, 현실적인 문제들을 해결하기 위해 분주하게 움직인다. 또한 내적 성숙과 외적인 삶의 질을 높이기 위해 고민하며 자신의 위치를 지키고 싶어한다.

이러한 수많은 요구 때문에 의사 전달이나 논리적인 사고에 혼선이 빚어지기도 하고, 상대방과의 정신적인 교류가 계획한 만큼 쉽게 이루어지지 않는 경우도 생긴다.

그렇다고 실망할 필요는 없다. 앞에서도 말했지만, 나를 포함한 모두가 한 사람의 인간임을 곰곰이 생각해 보면 그 이유를 알 수 있다.

저마다 한 사람의 인간으로서 자기 나름대로의 고유한 생활 방식이 있고 그 속에 안주하려 들기 때문에, 서로의 마음이 통한다는 것은 결코 쉽지 않은 것이다.

그렇다면 무엇이 사람과 사람의 마음을 서로 통하지 못하도록 하는가?

첫째, 사람들은 변화를 싫어한다는 것이다.

대부분의 사람들은 자신의 울타리를 가지고 있고 그 속에서는 행복과 안정을 느끼지만, 그곳에서 한 발만 벗어나도 불안과 초조함으로 위경련을 일으키는 경우가 많다.

둘째, 사람들이 자기 생각에만 빠져 있다는 것이다.

누군가와 대화를 나눌 때는 상대방의 주의를 끌기 위해 반드시 신경을 곤두세우고 있어야 한다. 당신의 말을 상대방이 끝까지 집중하며 듣고 있는 것이 아니기 때문이다. 상대방의 주의력은 당신의 말과 자신의 관심을 끄는 어떤 대상이나 생각 사이에서 맴돌고 있는 경우가 많다.

셋째, 무엇이든 자기 방식대로 해석하기 때문이다.

비록 많은 사람이 그런 것은 아니지만, 주위에서 벌어지고 있는 일들을 자기 방식대로 해석하는 사람이 있다. 전체적인 내용을 객관적으로 판단하는 것이 아니라,

자기에게 유리한 쪽으로만 생각하여 받아들이기 때문에 대화에 장벽이 생기는 것이다.

넷째, 무엇이든 숨기려는 마음이다.

마음속에 품고 있는 감정이나 생각을 다른 사람이 알게 될까 봐 걱정하는 사람들이 있다. 이런 사람들의 공통점은 자기의 생각이나 감정을 다른 사람이 눈치 채면 상대방이 자신을 싫어하거나 멸시하게 될 거라는 강박관념을 가지고 있다는 것이다. 그들은 아무리 사소한 문제일지라도 드러내는 경우가 없다. 다른 사람이 알고 있는 것보다 자신만 알고 있는 것이 훨씬 안전하다고 믿는 것이다.

의사 전달의 방해물은 반드시 극복이 가능하다. 사람들은 대화를 나누면서 자신의 고민거리를 털어놓게 되고, 상대방에게 도움을 받는가 하면, 그 반대의 입장에 서기도 한다. 다시 말하면, 어려운 상황을 극복하기 위해 서로의 마음과 뜻을 모아 돌파구를 찾는 것이다.

사람이 서로의 마음을 하나로 통하려면 인간적인 속성에 대처할 수 있는 기술들이 필요하다. 그리고 이런 기술을 활용하기 위해서는 부단한 노력이 필요하다.

그러나 상대방의 마음이 통하게 하기 위해서는 무엇보다도 먼저 준비해야 할 것이 있다. 그것은 당신의 마음을 먼저 열어놓아야 한다는 것이다. 속마음을 숨기려 하거나 상대방의 이야기를 내 방식대로 이해한다면 누가 당신을 상대해 주겠는가?

마음이 통한다는 것은

우리는 많은 사람들과 오랫동안 대화를 주고받는다. 그렇지만 서로의 깊은 속마음까지 주고받는 경우는 극히 드물다. 마음이 통한다고 느끼게 되는 경우란 찾아보기 힘든 것이다.

저마다 한 사람의 인간으로서 자기 나름대로의 고유한 생활 방식이 있기 때문이다. 그러나 자기만의 방식대로 이해하고 받아들인다거나 속마음을 감추는 한 아무도 당신에게 마음을 열지 않을 것이다. 서로의 마음이 통한다는 것은, 자신의 고민이나 문제를 털어놓고 상대방에게 도움을 받는가 하면, 그 반대의 입장에 서기도 하는 것이다. 다시 말하면, 어려운 상황을 극복하기 위해 서로의 마음과 뜻을 모아 돌파구를 찾는 것이다.

애정 어린 충고

친구에게 그의 결점을 일러 주는 것은 우정의 가장 가혹한 시련 중 하나다. 만일 상대방에게 화가 나거나 상대가 미워지면 성큼성큼 다가가서 심한 말을 퍼부어도 상관없다. 그러나 친구를 사랑하는 나머지, 그가 죄로 더럽혀지는 것을 보고 참을 수가 없어 애정 어린 충고로 가슴 아픈 진실을 말한다. 이것이야말로 참된 우정이다.

하지만 그런 친구를 가지고 있는 사람은 극히 드물다. 우리는 집안에서 언제나 '그대로가 좋다.' 라고밖에 가르쳐 주지 않는다. 칼끝을 목에 들이대면서!

– 헨리 위드 비처

친구를 얻는다는 것은
일생을 통해 행복을 보장하는 모든 방법 중에서 가장 중요한 것이다.
– 에피쿠로스

친구, 자연이 탄생시킨 걸작

친구란 자기 속마음을 털어놓을 수 있는 사람을 말한다. 그의 앞에서는 생각하고 있는 바를 말할 수가 있다.

친구를 만났을 때, 개인은 비로소 거짓이 없는 자신과 동등한 인간을 만나게 되었으므로, 이제껏 옷처럼 몸에 걸치고 있던 위선, 예의, 숙고까지를 벗어던져 버릴 수가 있다.

그리고 두 개의 분자가 화학적 결합을 하게 될 때처럼, 단순한 한 개의 전체가 되어서 그와 응대할 수가 있다. 마음을 터놓는다는 것은 왕관이나 주권과 마찬가지로 최고의 지위에 있는 자에게만 허용되는 사치이며, 그것은 상대방의 기분을 맞추는 것이나 상대에게 영합하는 것이 아니라, 진실을 말하는 것이다.

혼자 있을 때에는 누구나 자기 자신에게 거짓말을 하지 않는다. 그곳에 다른 누군가가 끼여들면 위선이 시작된다. 상대방의 친밀해지자는 몸짓을 적당한 말이나 세상 이야기, 가벼운 오락이라는 것으로써 받아넘긴다. 자신의 진정한 마음을 열 겹, 스무 겹 덮어 감추는 것이다.

우리가 쉽게 만나게 되는 상대들은 대개 정중한 대우를 해 주거나 기분을 맞춰 줄 필요가 있는 사람들이다. 명성, 재능, 종교나 이념 따위가 상대방의 염두에 있으며, 최소한 그 기준에 맞는 교제가 이루어지기 때문이다. 그러나 건전한 마음을 가진 친구와 만나게 되면, 나의 술책은 적용될 수 없고 오직 나의 마음만이 작용한다.

따라서 친구는 자연계의 역설적인 존재다. 나와 똑같은 인간은 이 세상에 한 사람밖에 없다. 자연계에서 나의 존재와 똑같은 것은 찾아낼 도리가 없다. 그러나 고결함도, 성격도, 괴짜인 부분까지도 비슷하면서 나와 전혀 다른 모습의 사람이 바로 내 눈앞에 앉아 있다. 이러니 친구야말로 자연이 탄생시킨 걸작이 아닌가!

– 에머슨

타인이 도움을 요청할 때

 아무리 모든 것이 풍족한 사람일지라도 다른 사람의 도움이 필요하며, 아무리 가난한 사람일지라도 다른 사람에게 도움이 될 수 있다.
 자신이 신뢰하는 타인이 도움을 요청할 때 그것을 친절한 마음으로 받아들인다는 것은, 인간의 본성으로 보아 빠뜨릴 수 없는 행위이다.

- 교황 레오 13세

마음에서 우러나온 것이 아니면,
겉으로 아무리 친절하더라도 진실로 사람들을 기쁘게 할 수는 없다.

우정이라는 열매

누구에게나 친절하게 대하라. 그리고 신뢰할 수 있는 사람과는 아주 밀접하게 교제하라. 하지만 어떤 사람을 신뢰하기 위해서는 오랜 시간이 걸린다. 진정한 우정은 아주 천천히 자라는 식물이기 때문이다. 그 식물은 우정이라는 이름에 걸맞게 자랄 때까지 온갖 역경과 시련을 겪지 않으면 안 된다.

– 조지 워싱턴

우리는 자신의 건강을 무척 소중히 여긴다.
저축을 하고, 집의 지붕을 튼튼하게 고치고,
의복도 충분하게 마련한다.
그러나 모든 재물 중에서 최고인 '친구'라고 하는
보물을 갖추려고 하는 사람은 별로 많지 않다.

우정의 힘

우정은 슬픔을 헤쳐 나가는 통로이다.

우정은 격정을 부드럽게 하고, 항상 마음의 분출구가 되어 주며, 재난을 당했을 때 피난처가 되기도 하고, 마음을 밝게 해 주기도 한다. 그것은 우리를 대신해 생각을 전해 주며, 우리가 마음에 그리는 것을 실행해 주고, 마음에 들지 않는 곳은 개선해 준다.

– 제레미 테일러

친구란 무엇인가?
그것은 두 개의 몸에 있는 하나의 영혼이다.
– 아리스토텔레스

사랑

타인의 눈으로 사물을 볼 것.

타인의 귀로 소리를 들을 것.

둘이면서도 일체가 될 것.

용해되고 융합되어, 이미 나도 너도 아닐 것.

끊임없이 흡수하고 끊임없이 방출할 것.

대지와 바다와 하늘을, 그리고 그 속에 있는 모든 것을 전체적인 단일의 것으로 응축하여 아무것도 남지 않도록 할 것.

언제 어디서나 희생할 마음가짐을 가질 것.

자기의 개성을 버림으로써 그것을 배가시켜 나가는 힘, 그것이 '사랑' 이다.
– 데오필 고티에

현명한 사람은 사랑하는 사람으로부터의 선물보다도
선물을 주는 사람의 사랑을 중히 여긴다.
– 토머스 어 켐비스

제4장 사랑과 우정은 그냥 배달되는 선물이 아니다

마음 씀씀이

　조금만 마음을 쓰면 이 세상 전체가 조금이라도 행복해진다.

　혼자뿐인 고독한 사람이나 의기소침한 사람에게 한두 마디 부드러운 말을 걸어 주자. 어쩌면 당신은 내일이면 그런 친절한 일을 한 것을 잊어버릴지도 모른다. 하지만 친절하게 대접받은 그 사람은 당신의 말을 일생 동안 가슴에 품고 있을 것이다.

– 데일 카네기

우정은 행복감을 높여 주고,
상처 입은 가슴을 부드럽게 어루만져 준다.
기쁨을 두 배로 하고, 슬픔은 반으로 나누어 가지는 힘이
바로 우정이다.
– 조셉 아디슨

싸리나무의 교훈

자식들과의 입씨름에 진저리를 내게 된 아버지가 있었다. 아버지는 말로써는 도저히 안 되겠다고 생각하고 무엇인가 실제적인 예를 보여서 납득시켜야겠다고 궁리를 했다.

아버지는 자식들에게 한 다발의 싸리나무를 끊어 오게 했다. 그리고 그것을 튼튼한 한 다발로 묶어 한 사람 한 사람에게 그걸 꺾어 보도록 했다. 물론 아무도 꺾을 수가 없었다. 그런데 다발을 풀고 나무를 한 가지씩 꺾어 보게 했더니 모두가 쉽게 해내었다.

자식들에게 아버지가 말했다.

"애들아, 너희 형제가 힘을 합하여 단결하고 있는 한 누구든 너희들을 당할 사람이 없을 것이다. 하지만 서로 마음이 맞지 않아 따로따로 떨어지게 되면, 너희들은 곧 공격을 당하여 꺾어지고 말 것이다."

– 이솝

제4장 사랑과 우정은 그냥 배달되는 선물이 아니다

친구라는 선물

　친구를 얻을 수가 없다면, 나이가 들어갈수록 반드시 고독의 괴로움을 맛보게 된다. 그래서 우리는 항상 우정의 손질을 게을리 말아야 한다.

　친구를 냉대하며 부드러운 말 한 번 걸지 않고 우정을 죽이는 자는, 인생이라고 하는 피곤한 순례의 길 위에서 더없는 위로가 되어 줄 선물을 자기의 손으로 일부러 버리는 어리석은 사람이다.

– 사무엘 존슨

친구란 모든 것을 알면서도 사랑해 주는 인간이다.

– 앨버트 허버트

어린이가 희망에 대하여 말할 때

어린이의 희망을 듣고 웃어서는 안 된다. 어린이에게 있어서 어른의 웃음은 비웃음을 뜻하는 경우가 많고, 비웃음만큼 마음의 상처를 입히는 것도 없다.

어린이가 주제에 어울리지도 않는 희망에 대하여 말할 때 아버지가 해야 할 일은, 그 희망에 대해 여러 가지 관점에서 잘 이야기를 해 주는 것이다. 어떻게 해야 그 목표에 도달할 수 있고 접근할 수 있는지 그 방법을 조언해 주는 것이다. 그런 다음 '자, 한 번 해 보거라.' 하고 전진을 권한다. 모든 격려를 다해야 한다.

무엇보다도 어린이가 자기 힘으로 할 수 있는 일에는 손을 빌려 주지 않는다. 스스로 자신의 성공을 키워갈 특권과 감격을 빼앗아서는 안 된다.

– 데일 카네기

아이들에 대하여

　그대의 아이라 해서 그대의 아이는 아닌 것……

　그들은 스스로를 갈망하는 위대한 '생명'의 아들과 딸이다. 저들은 그대를 거쳐서 태어났을 뿐, 그대에게서 온 것은 아니다. 비록 그들이 그대와 함께 있을지라도 아이들이 그대의 소유는 아니다. 그대는 아이들에게 사랑은 선사할 수 있으나 영혼을 줄 수 없다. 왜냐하면 아이들의 영혼은 내일의 집에서 살 수 있으므로. 그대는 찾아갈 수도 없고 꿈속에서도 찾아갈 수 없는 내일의 집에. 그대들 아이들과 같이 되려 애쓰되 아이들을 그대와 같이 만들고자 하지는 말라. 왜냐하면 생명이란 뒤로 물러가는 것이 아니요, 또 어제에 머무르지도 않는 법이니. 그대는 활, 그대 아이들은 살아 있는 화살처럼 활에서 쏘아져 앞으로 나아간다. 그리하여 사수이신 그분은 무한의 길 위에 과녁을 겨누고 온 힘을 다하여 그대를 당겨 휘는 것이다. 그분의 화살이 보다 빠르고

보다 멀리 날아가도록. 그대는 그분의 손길로 구부러짐을 영광으로 맞으라. 왜냐하면 날아가는 화살을 그분이 사랑하심과 똑같이, 그분은 흔들리지 않는 활 또한 영원히 사랑하심으로.

- 칼릴 지브란

부모의 기도

오, 하나님!

저로 하여금 더 좋은 부모가 되게 해주옵소서.

아이들을 사랑하고 아이들이 하는 말을 끝까지 다 들어 주며 아이들의 괴로운 문제들을 사랑으로 이해할 줄 아는 부모가 되게 하소서.

지나친 간섭을 삼가고 아이들과 말다툼을 피하며 모순된 행동으로 아이들을 실망시키지 않게 하소서.

부모에게 예의바른 자녀가 되기를 바라는 것같이 우리도 자녀에게 친절하며 정중하게 하소서.

비록 부모라 할지라도 자녀에게 잘못했음을 깨달았을 때는 용감하게 자신의 허물을 고백하며 용서를 구할 수 있는 부모가 되게 하소서.

부질없는 일로 아이들의 마음에 상처를 입히지 않게 하소서.

아이들의 실수를 보고 웃거나 또는 벌을 줌으로써 아

이들이 수치감과 모욕감을 느끼지 않게 하소서.

우리의 아이들이 거짓말을 아니하고 남의 물건을 탐내지 않는 깨끗한 사람이 될 수 있도록 돕게 하소서.

시간마다 저를 인도하시어 저의 말과 행동으로 본을 보임으로써 정직하게 사는 것이 행복의 비결임을 분명히 보여 주게 하소서.

오! 하나님!

초라한 저의 모습을 감추시고 저의 혀를 지킬 수 있도록 도와 주소서.

그 나이 때면 누구나 행하는 아이들의 사소한 잘못을 보게 되었을 때 이를 너그럽게 봐 줄 수 있는 아량을 베풀게 하소서.

아이들이 스스로 생각하고 판단하고 결정하고 스스로 실행할 수 있도록 충분한 기회를 허락하게 하소서.

부모로서의 권위를 세우기 위해 아이들을 책망하지 않게 하소서.

아이들이 바라는 것이 옳은 것이라면 모두 다 허락하면서도 만약 그것이 그들에게 해가 되는 것이라면 끝까지 거절할 수 있는 용기를 주소서.

어느 한편으로 치우치지 않고 항상 공정하고 생각이 깊고 사랑이 넘치는 부모가 되게 하시어 아이들루부터 진심으로 존경받는 부모가 되게 하소서.

아이들로부터 사랑받고 아이들이 진정으로 닮기 원하는 부모다운 부모가 될 수 있도록 깨우쳐 주소서.

안정과 균형을 잃지 않고 스스로를 다스릴 수 있는 부모가 되게 하소서.

- A 반 뷰렌

친구의 깊은 의미

젊을 때의 친구도 좋지만, 노년기의 친구는 더욱 좋다.
젊었을 때는 누구나가 그렇지만 친구가 있는 것은 당
연하다고 생각한다. 그러나 정작 친구를 갖는다는 깊은
의미를 알게 되는 것은 노년기에 접어들면서일 것이다.

– 에드발드 그리크

사람은 누구나 의지할 수 있는 존재가 필요하다.
가장 훌륭한 사람일지라도
온전한 자기 혼자만의 힘으로는 언제나 강하지 않는 법이다.

참된 우정이란

우리들의 우정은 흔히 짧고 열매가 없는 것으로 끝나기 쉽다. 그것은 우정에 있어서 가슴으로 참되게 사귀려 하지 않고, 포도주처럼 꿈같이 감미로운 심정으로 사귀었기 때문이다.

우정의 법칙은 자연의 법칙이나 도덕의 법칙과 마찬가지로 위대하고 존귀하며 영원한 것이다. 그런데 우리들 보통 사람들은 우정의 감미로움에 취하고 싶다고 서두른 나머지, 덧없이 가난한 은혜밖에 얻지를 못한다.

우정은 하느님의 낙원 속에서도 가장 오랜 세월을 보내고서야 겨우 익는 과실이다. 그런데도 우리는 친구를 존경의 대상으로 여기지 않고, 자기가 생각한 대로 되게 하려는 비열한 감정으로 사귀게 된다.

참된 우정은 유리 끈이나 창의 서리 무늬처럼 허약하고 덧없는 것이 아니다. 이 세상에서 가장 견고한 것이다.

우정의 목표는 가장 엄격하고 가장 소박한 교제를 행하는 것이다. 우리들이 체험한 어떠한 교제보다도 엄숙한 교제를 행하여야 한다. 그 목적은 젊었을 때부터 늙어서 죽음에 이르기까지 여러 가지 교제 관계를 통해서 서로가 도와가며 즐거움을 나누어 가지는 것에 있다.

우정은 맑은 날이나 아름다운 선물과 같고, 불운에 처하거나 배가 난파되었거나 가난이나 곤경에 허덕이게 될 때와도 같다.

– 에머슨

우리들은 늘 자기 자신에 대해서 지독한 관심을 갖게 마련이다.
그러므로 사람들에게 인기 있는 사람이 되기 위해서는
상대방에게 성실한 관심을 가져야 한다.
– 파브릴리우스 시루스

사랑, 그 특별한 관계

상대의 표정만 보고도 무슨 말을 하려는지 알 수만 있다면, 길게 우회해서 이야기하는 것보다도 훨씬 쉽게 의사 전달을 할 수가 있다. 그리하여 서로의 사랑을 알고 있는 사이에서는 무미건조한 '예.'나 '아니오.'조차도 빛을 발하게 된다.

모든 인간 관계 중에서 가장 친밀한 관계, 즉 탁 터놓고 아무것도 숨기지 않는 사랑의 관계에서는 마치 원을 만들어서 놀고 있는 어린애처럼, 또는 의식이 진행되는 장소처럼 거의 아무런 말 없이도 이야기가 진행된다. 두 사람은 그 장소에 같이 있다는 사실만으로도 서로 이야기가 통하는 것이다.

사랑하는 두 사람은 좋은 것이나 나쁜 것이나 서로 나누어 가지려고 무한히 노력하고, 서로의 마음을 기쁨으로 떠받친다. 사랑은 자연의 법칙에 따르고 있다. 사랑은 자연의 조화에 접근함으로써 얻어지기에, 자기 멋

대로 사랑하는 것은 무리가 따른다.

　사랑하는 두 사람의 서로에 대한 이해는 단순한 지식 이상의 것이다. 왜냐하면 사랑에 의해서 맺어지는 것은 다른 관계처럼 버리거나 흐트러지게 할 수도 없다. 특별한 관계이며, 쌍방이 모두 말로 표현하는 이상의 것을 알고 있고, 서로가 신뢰하며 살아가고 있다. 그리고 기분이 내키는 대로 서로 믿고 있다. 부부 사이에는 육체를 통하여 말하는 언어가 자라고 있고, 그것은 놀랄 만큼 웅변적이다. 단단히 껴안음으로써 생기는 생각은 말로써 표현하면 지워져 버릴 뿐이다. 비록 그것이 셰익스피어의 붓으로 된 명문이라 할지라도!

- 로버트 스티븐슨

사랑은 서로가 마주보는 것이 아니라,
함께 같은 방향을 바라보는 것이다.
—생텍쥐페리

누구에게서 교훈을 얻는가

당신은 자기를 칭찬하는 사람, 자기를 기쁘게 해 주는 사람, 늘 자기 편을 들어 주는 사람으로부터 교훈을 얻고 있는가? 자기를 거부하는 사람, 자기와는 적대적인 사람, 자기와 의논하는 사람으로부터 커다란 교훈을 얻고 있지는 않는가?

– 윌트 휘트먼

원수를 두려워할 필요는 없다.
그러나 달콤한 말을 하는 친구는 두려운 존재이다.

따뜻한 마음을 가져야 한다

우리는 습관적으로 다른 사람에 대해 따뜻한 마음을 갖도록 노력하지 않으면 안 된다. 남이 사랑을 받을 만한가 아닌가는 물을 필요는 없다. 오로지 악한 사람은 이 세상에 거의 없다고 해도 좋다. 실제로, 누가 진실로 정당하고 정당하지 못한가는 간단히 판단하기 어려운 일이기 때문이다. 따뜻한 마음을 잃는다면, 무엇보다도 그 사람 자신의 인생이 외롭고 비참하게 되고 만다.

- 칼 힐티

다른 사람들에게 관심을 갖지 않는 인간은
고난 속에서 인생을 살아갈 수밖에 없다.
그런 사람은 상대방에게도 무거운 짐이 될 뿐이다.
왜냐하면 인간 관계의 모든 실패는
그러한 인간들 사이에서 일어나기 때문이다.

계산으로 주고받을 수 없는 애정

애정을 받는 사람이 되는 것은 행복의 유력한 원인이다. 그러나 애정을 요구하는 사람은 애정을 받는 사람이 아니다. 애정을 받을 수 있는 사람은 일반적으로 말해서 남에게 애정을 주는 사람이다. 그러나 이자를 붙여서 돈을 빌려 주는 방법으로 계산된 애정을 주려고 시도해 보아야 소용없다. 왜냐하면 계산된 애정은 참된 애정이라고는 생각지 않기 때문이다.

– B. A. W. 러셀

내가 성공할 수 있었던 것은,
사람들의 열의를 불러일으키게 하는 방법을 터득했기 때문이다.
이것이 나에게 있어서는 가장 소중한 밑천이다.
그 방법은 다른 사람들의 장점을 키워 주기 위해서
가급적 자주 칭찬과 격려를 해 주는 것이다.

– 슈와브

함께하는 사람의 힘

가령 부를 쌓아서 영광되고 행복하더라도 그대 자신과 같이 그것을 마음으로부터 기뻐해 주는 사람이 없다고 한다면, 어떻게 그곳에 큰 기쁨이 있겠는가. 또 역경에 처해서 싸울 때에도 그대보다 더욱 그것을 무거운 짐으로 생각해 주는 사람이 없다면, 더욱더 참고 견디기가 어려울 것이다.

– S. A. 키에르케고르

매사에 자기만을 앞세우다 모든 걸 잃어버리는 사람이
이 세상에서 가장 어리석은 사람이다.
진정으로 현명한 사람은 매사에 남을 먼저 생각하는 사람이다.
– 아리스토텔레스

제4장 사랑과 우정은 그냥 배달되는 선물이 아니다

제5장

나를 이끄는 운명의 좌표, 희망

세상을 움직이는 원동력

이 세상을 움직이는 원동력은 희망이다. 다음에 새로운 종자를 얻을 수 있다는 희망이 없다면, 농부는 밭에 씨를 뿌리지 않는다. 이익을 얻게 된다는 희망이 없다면 장사꾼은 장사를 할 수가 없다.

최고로 성공한 사람들은 모두 늘 명랑하고 희망에 가득 차 있는 사람들이다. 늘 웃으며 일을 해 나가고, 생활 속의 여러 가지 변화가 즐거운 것이든 슬픈 것이든 항상 당당히 맞이하는 사람들이다.

그러나 희망은 있으면서 실제로는 사업이나 일에 손을 대지 못하고 있는 사람이 있다. 그 일을 달성하기까지의 고난이나 난관을 미리 생각하기 때문이다. 이런 실패병에 걸린 사람에게 묻고 싶은 말이 있다. '당신은 왜 가능한 적극적인 면은 조금도 생각지 않고 어려운 점만 생각하는 것이오?'

미래를 겁내고 실패를 무섭게 여기는 사람은, 그 활

동을 제한당하여 손발을 내밀지 못하게 되는 것이다. 실패라는 것은 별로 겁낼 것이 아니다. 오히려 이전에 했을 때보다도 더욱 풍부한 지식으로 다시 일을 시작할 좋은 기회인 것이다.

꿈을 현실로 만들어라

희망은 그 사람의 미래에 대한 야심이며, 삶의 지표이다. 더욱이 불확실한 인간의 삶을 윤기 있게 해 주는 활력의 원천이다. 세계적으로 성공한 인사들은 대부분 꿈을 현실로 실현시킨 사람들이다.

그들은 먼저 공상을 했고, 그 공상에 삶의 초점을 맞춤으로써 사랑과 부와 명성이라는 열매를 거둬들였다. 찰리 E. 윌슨은 주급 7달러의 가난한 직공에 지나지 않았다. 하지만 어릴 때부터 원대한 꿈을 가졌던 덕택에 제너럴일렉트릭 회사의 사장이 될 수 있었다.

일리노이 센트랄 철도의 전(前) 사장은 젊었을 때 버스 정류장의 청소부에 불과했지만, 언젠가는 자기 고장의 운송 시장에서 일인자가 되리라 마음먹었고, 마침내 그것을 실현시켰다. 공상에 불과할지도 모르는 꿈이야말로 당신을 성공의 사다리로 올려 주는 가장 강력한 배경이 되는 것이다.

힐튼은 평소 월돌프 아스토리아 호텔을 자기 소유로 만드는 공상을 했다. 그리하여 훗날 그 호텔의 진짜 주인이 되었다. 콜럼버스도 공상을 했고, 마젤란도 그랬다. 그리고 당신 고향의 유지들도 현재의 위치에 오르기 전까지 미래에 대한 확실한 꿈이 있었다. 이루어지지 않았을 땐 공상에 지나지 않았지만, 꿈을 간직한 덕에 그것을 현실로 일궈낼 수 있었던 것이다.

공상은 누구나 할 수 있다. 그것은 결코 어느 특정한 사람의 전유물이 아니다. 꿈을 꿀 권리가 누구에게나 있는 것처럼, 공상을 실현할 기회도 모든 사람이 공평하게 가진다. 당신이라고 해서 그것이 불가능하겠는가?

꿈을 실현하기 위해서 무엇보다 먼저 할 일은, 당신의 공상을 종이 위에 써 보는 것이다. 꿈을 기록한다는 것은, 그에 대한 구체적인 계획을 마음속에 그리고 있는 것과 같다. 그리고 꿈을 밝은 햇빛 아래에서 끄집어내는 것이다. 밝은 햇빛 아래로 나오면 모든 게 밝아 보인다. 당신의 실현 불가능할 것 같은 꿈도 마찬가지이다. 자, 이제 당신은 눈에 보이는 꿈을 갖게 되었다.

두 번째로 당신이 해야 할 일은 무슨 일부터 시작하

면 좋은지를 알아야 한다는 것이다. 처음에는 차에 기름도 넣지도 않고 운전대를 잡는 실수를 저지르게 될지도 모른다. 그래도 상관없다. 당신은 잘못을 발견하고 곧 기름을 채우게 될 것이 분명하기 때문이다. 이윽고 당신은 몇 가지 시행 착오를 거쳐서 확실히 어디부터 손을 대면 좋은가를 발견하게 될 것이다. 화가가 꿈이라면 파리로 가고, 성악가가 되고 싶으면 밀라노로 향하라. 금융가에게 꼭 맞는 곳은 월스트리트일 것이며, 외교관은 워싱턴에 있어야 한다. 그런 곳에서라면 누구나 공통된 관심사를 갖고 있기 때문이다.

꿈의 본고장으로 향하라. 그곳에 가면 당신의 꿈을 구체화시켜 줄 사람들을 만날 수 있을 것이다. 그들도 당신과 똑같은 꿈을 갖고 있다. 그곳에서는 사람들이 동일한 희망과 야심을 갖고 먹고 자고 생활하기 때문에 정보가 많을 뿐만 아니라, 기회도 자주 찾아온다.

이제 세 번째로, 당신의 공상을 행동에 옮기는 일이 남아 있다. 워싱턴에는 3백만에 가까운 발명가들의 꿈이 대부분 열매를 맺지 못한 채 파묻혀 있다. 대다수가 자기의 꿈을 행동에 옮기는 데 적극적이지 않기 때문이다. 당신의 꿈도 이들처럼 도중에 무산되는 일이 있어서는 안 된다.

제일 중요한 것은, 당신 스스로 꿈을 향해 달려가는 일이다. 처음엔 모든 게 뜻대로 되지는 않을 것이다. 하지만 우선 날갯짓부터 시작해 보라. 굴렁쇠 바퀴는 막대기를 밀어주기만 하면 굴러가도록 되어 있다. 일단 바퀴가 움직이기 시작하면 쉬사리 멈추지 않는다.

당신도 자신의 꿈에 시동을 걸어 보라. 꿈 자체로는 아무런 쓸모가 없다. 그야말로 공상에 불과하기 때문이다. 아무리 일하고 싶은 마음이 간절하다 한들 공원 벤치에만 앉아 있다면, 그 사람은 실업자일 뿐이다. 그 꿈은 결코 실현될 수 없는 꿈이기 때문에 허황된 것이다. 구슬이 서 말이라도 꿰어야 보배라는 말이 있지 않은가. 마찬가지로, 꿈은 현실 속에서 한 알 한 알 엮어 내지 않으면 결코 열매 맺지 못하는 법이다. 일단 자리를 박차고 일어나라. 그러면 성공은 눈앞으로 바싹 다가올 것이다.

만약 당신의 목표가 밍크 코트라면, 결코 토끼털로 만족해서는 안 된다. 만약 당신의 꿈이 백만 달러를 버는 것이라면, 단 한 푼의 부족분에 대해서도 자신과 타협해서는 안 된다.

마음을 굳세게 다잡아라, 결코 당신의 결의가 흔들리지 않도록. 일단은 목표로 삼았던 정상까지 올라가라. 그리고 나서 다른 꿈을 갖고 다음 정상에 도전하라. 중도에 만족하거나 스스로에게 변명을 늘어놓으며 목표를 바꾼다면, 당신은 스스로 자신의 꿈을 교살시키는 것이나 다름없다는 사실을 기억하라.

행복한 일을 생각하면

행복한 일을 생각하면 행복해진다.
비참한 일을 생각하면 한없이 비참해진다.
무서운 일을 생각하면 무서워진다.
질병을 생각하면 병이 들고 만다.
실패에 대하여 생각하면 반드시 실패한다.
자기 스스로를 불쌍히 여기고 헤매게 되면, 그는 틀림없이 남에게 배척당하게 된다.

– 데일 카네기

추위에 떨어 본 사람일수록 태양의 따뜻함을 느낀다.
인생의 고뇌를 겪은 사람일수록 생명의 존귀함을 안다.

– 월트 휘트먼

행복해지고 싶다면

마음이 착한 사람은 남이 곤란한 것을 보면 자기도 모르게 친절하게 말하며 돕지 않고는 못 배긴다. 그런 사람은 친절한 일을 할 때마다 무한히 즐거워지고 그 즐거움은 보람이 된다.

극복하지 못할 줄 알았던 장애를 극복하고 더욱더 큰 목표를 세운다! 이런 멋진 즐거움이 또 어디에 있을까.

행복해지고 싶다면 잠시 동안이라도 가슴에 손을 얹고 생각해 보라. 그러면 진정한 즐거움은, 발치에 돋아나는 잡초나 아침 햇살에 빛나는 꽃의 이슬과 같이 우리 주변에 무수히 널려 있다는 것을 알 수 있을 것이다.

－ 헬렌 켈러

증오심을 꺼 버려라

증오심은 다른 어떤 것보다도 많은 에너지를 소모한 다. 그 소모의 정도는 중노동이나 질병, 그리고 명분이 뚜렷한 근심보다도 훨씬 극심한 것이다.

따라서 증오의 불길이 자기 몸 안으로 들어온다면, 바로 꺼 버려야 한다. 대신에 그 증오의 빈자리에 아름 다운 생각을 불어넣어 주자.

우리들의 정력은 하느님으로부터 받은 귀중한 것이 기 때문에, 가치가 있는 것에만 사용해야 하는 것이다.

– 데일 카네기

희망이란

　지혜가 있어도 그것을 사용할 용기가 없으면 아무 소용이 없듯이, 아무리 돈독한 믿음이라 할지라도 희망이 없으면 아무런 가치가 없다.

　희망이란 언제까지나 사람들과 함께 있으면서 악과 불행을 극복하는 힘이다.

– 마르틴 루터

가장 좋은 책들이 앞으로 쓰여져야 한다.
최상의 명화도 아직 완성되지 않았으며,
최선의 정부도 아직 구성되지 않았다.
이 모든 최상의 것들은 바로 젊은이들이 해야 할 일들이다.

– 어스킨

행복과 불행

　사람의 행·불행은 그 사람의 재산이나 명성이나 직업이 결정하는 것이 아니다. 그런 것을 어떻게 받아들이냐가 문제다.

　가령 같은 장소에서 같은 일을 하고 있는 두 사람이 있다고 치자. 이 두 사람은 거의 같은 정도의 재산이 있고, 명성도 거의 같다고 볼 수 있다. 그런데도 한 사람은 행복하고, 다른 한 사람은 불행하다. 어째서 그럴까?

　사람의 행·불행이 각자의 마음에 달렸다는 증거 아니겠는가.

- 데일 카네기

나는 믿는다

나는 믿는다, 우리 인간은 하느님의 뜻에 따름으로써 이 세상을 살아갈 수가 있다는 것을. 천국에서 하느님의 뜻이 이루어지는 것처럼, 지상에서도 그것이 이루어질 때 누구나 모든 인간을 자기들의 동포로서 사랑하게 되며, 자기들이 받고 싶은 것을 남에게도 베풀 것이다. 인간의 행복은 서로 밀접하게 연결되어 있는 것이다.

나는 믿는다, 우리는 사랑을 통해 성장하기 위해 존재한다는 것을. 그리고 태양의 꽃이 아름다운 색채와 향기 속에 존재하는 것같이 하느님이 내 마음속에 존재하는 것을. 하느님은 나의 어둠을 밝히는 빛이며, 나의 침묵에 대해 타이르는 목소리이다.

나는 믿는다, '진리의 태양'은 희미한 빛으로써 사람 위에서 빛을 발하다가 사그라진다는 것을. 우리 인간은 최후에는 하느님의 왕국을 지상에 실현할 것이다. 그리고 그 왕국의 초석은 자유 · 진실 · 형제애와 봉사이다.

나는 믿는다, 선은 결코 사라지지 않으리라는 것을. 그리고 선을 구하고, 바라고, 꿈꾸는 모든 인간은 영원히 존재할 것이다.

나는 영혼의 불멸을 믿는다. 그것은 나의 내부에 불멸에 대한 동경이 있기 때문이다. 우리가 죽은 후에 찾아오는 나라는 우리들 자신의 동기, 행위로 만들어진 것임에 틀림없다.

나는 믿는다, 저 세상에서는 내가 이 세상에서 가지고 있지 않은 감각을 얻을 수 있다는 것을. 그리고 또 저 세상에서 내가 살 집에는 내가 사랑하는 꽃들과, 사람들이 만드는 아름다운 색채와 음악과 언어가 넘치고 있다는 사실을!

이러한 신념이 없다면, 눈도 보이지 않고, 귀도 들리지 않으며, 말도 할 수 없는 나의 인생은 거의가 무의미할 것이다. 나는 '암흑 속에 서 있는 암흑의 기둥'에 지나지 않게 될 것이다.

육체적 감각을 충분히 만끽하고 있는 사람들은 흔히들 나를 불쌍하다고 여긴다. 하지만 그것은 내가 기쁨과 함께 살고 있는 인생의 황금의 방이 그들에게는 보이지 않기 때문이다.

그런 사람들에게는 내가 가는 길이 암흑으로 보이겠지만, 나는 마음속에 마법의 등불을 가지고 있다.

– 엘리너 루즈벨트

행동과 감정

　행동은 감정에 따라 일어나는 것처럼 보이지만, 사실은 행동과 감정은 동시에 일어난다. 그러나 행동은 의지에 따라서 직접적인 통제가 가능하지만, 감정은 그렇지가 못하다. 그러나 행동을 조정함으로써 감정을 간접적으로 조정할 수는 있다. 그러므로 기분이 우울할 때 쾌활함을 회복하는 최선의 방법은, 일부러라도 쾌활한 척 행동하며 명랑하게 웃고 떠드는 것이다.

- 윌리엄 제임스

불평 대신 감사를

이 세상에서 당신이 추구하는 최대의 목표는 행복이다. 행복은 건강이나 명성에 의해 좌우되지 않는다. 물론 건강은 행복에 크게 관계된다.

행복을 좌우하는 것이 또 하나 있다. 그것은 사물을 생각하는 방법이다. 자기가 바라는 것이 손에 들어오지 않더라도 지금 가지고 있는 것에 대하여 감사할 줄 알아야 한다.

사소한 것이 손에 들어오지 않는다고 불평하지 말고, 감사해야 할 커다란 것이 자기에게 있다는 것을 항상 생각해야 한다.

– 데일 카네기

사람을 행복하게 하는 일들

한 인간이 온갖 참되고 건강한 즐거움을 맛본다는 것은, 그가 세상에 처음 태어났을 때부터 계속 가능했으며, 지금도 여전히 가능하다. 그리고 그런 즐거움을 맛볼 수 있는 것은 주로 마음이 평안할 때일 것이다.

보리 이삭이 자라나는 것을 지켜본다, 밭에 나가 괭이나 호미로 노동을 하면서 가쁘게 숨을 몰아쉰다, 독서 삼매경에 빠져든다, 사색에 잠긴다, 누군가를 사랑한다, 그의 사랑을 갈구한다, 신께 기도 드린다…… 이 모두가 인간을 행복하게 하는 일들이다.

모두들 이 세상의 참된 왕국이 어디에 존재하는가 찾아다니고 있지만, 때로는 앞마당이나 텃밭에 참으로 무한한 영토가 건설되기도 하는 것이다.

– 트 라 무 킨

이미 가지고 있는 것

자신에게 없는 것을 구하려고 괴로워할 것이 아니라, 그런 열성으로 스스로가 이미 가지고 있는 것을 즐기면 어떨까?

본인에게 가장 소중한 것을 바라보면서, 만일 그대에게 그것이 없었다면 지금쯤 얼마나 열심히 그것을 찾고 있을까를 상상해 보라.

– 마르쿠스 아우렐리우스

평범한 사람에게도 한 가지 특기는 있게 마련이다.
문제는 어떻게 하면 자기가 가진 재능을 최대한 부각시키고,
그것을 사회적인 성공으로 연결짓느냐 하는 것이다.
– 데일 카네기

고난을 예측하지 마라

인간이 할 수 있는 일이라면 무엇이나 할 수 있다는 마음만 갖는다면, 설사 어떤 고난에 처해도 언젠가는 반드시 목표를 달성할 수 있다. 이것과 반대로, 아주 단순한 일일지라도 자기에게는 무리라고 생각을 한다면, 기껏 두더지가 쌓아올린 흙더미에 지나지 않는 일도 어마어마한 태산처럼 보인다.

– 에밀 쿠에

걸코 일어나지 않을지도 모르는 일로 마음을 괴롭히지 마라.
언제나 마음속에 태양을 품어라.
– 벤자민 프랭클린

자신에게 플러스가 되는 감정을

이런 마음가짐을 인생의 좌우명으로 삼으면 어떨까?

'타인에 대한 증오심, 불신, 불친절한 감정 따위는 당장 잊어버리자!'

물론 쉽지는 않겠지만, 여기 적절한 방법이 있다. 아예 그런 감정이 자기 마음속에 스며들지 않게 하는 것이다.

친절함, 관대함, 행복함 등 자신에게 플러스가 되는 사항만을 생각하도록 신경 쓴다면, 마음속 어느 곳에도 증오 따위는 일어나지 않는다. 이것이 인생을 만족감으로 가득 채울 수 있는 한 방법이다.

– 데일 카네기

모두가 자기 탓이다

자기 인생은 본인 스스로가 만드는 것이다. 아름답게 이루어지거나 볼품없이 이루어지거나, 모두가 자기가 할 탓이다.

만일 우리가 하느님으로부터 주어진 이 영광에서 스스로 멀어지는 일이 있다면, 하느님! 부디 저희들을 용서해 주소서!

– 윌리엄 웨어

현명한 자는 애초 자기에게 주어진 것보다 더 많은 기회를 만든다.

– 프랜시스 베이컨

나를 지켜주는 친구가 있다

하느님이라고 하는 친구를 대상으로 늘 소박한 어린이처럼 신뢰를 바친다면, 무수히 닥쳐오는 문제들을 해결할 수 있을 것이다.

어느 방향으로 발을 뻗치더라도 곤란이 우리들을 기다리고 있다. 인생이 있는 한 곤란은 반드시 따라다닌다. 이런 것들은 그 사람의 인격에 관련되는 것이다. 곤란에 맞서는 가장 확실한 방법은 자기가 불멸이라고 믿는 것이다. 그리고 결코 한눈파는 일 없이 지켜주는 친구가 있다는 것, 그 친구는 우리가 믿고 의지하기만 하면 온 힘을 다해 우리를 지켜주며 이끌어준다는 사실을 믿는 일이다.

이 생각을 마음 한구석에 단단히 지키고 있으면 거의 모든 소망이 이루어진다. 아무리 상처를 입더라도 부드러운 공감이 이것을 보상해 준다. 고통 속에서 인내와 감미로움의 제비꽃을 피운다. 예언자 이사야의 입술을 통해서, 그의 혼을 태운 성스러운 불꽃이 타오른다. 그리하여 새벽의 밝은 별과 함께 만족이 찾아오는 것이다.

만일 인간이 모든 것을 극복할 수 있다면 힘든 경험이 주는 풍요함의 기쁨은 반감되고 말 것이다. 산꼭대기에 오르는 기쁨은, 만일 그곳에 이르기까지 넘어야 할 암흑의 골짜기가 하나도 없으면 반감되는 것이다.

– 헬렌 켈러

올바른 일만 생각하라

인생에 있어서 벌어지는 사건의 약 90퍼센트는 올바르며, 약 10퍼센트 정도는 잘못이다. 행복하게 되고 싶으면 올바른 90퍼센트의 일만을 생각하고, 잘못된 10퍼센트는 무시해 버려라.

만일 그대가 괴로움과 고민 끝에 위궤양을 앓고 싶다면, 잘못된 10퍼센트의 일만 생각하고 올바른 90퍼센트는 무시하면 되리라.

– 데일 카네기

자신의 생각 중에서 75퍼센트 정도만 옳다면,
그 이상 아무것도 바랄 것이 없다.
– 루즈벨트

우리는 길을 잃지 않는다

만일 길을 잃은 사람이, '나는 길을 잃은 것이 아니다. 이 장소에 머물기로 결심한 것이다. 지금 이곳에서 살자. 그 대신, 내가 오랫동안 머물러 오던 곳은 이미 존재하지 않는다고 단념하자.'라고 생각한다면 어느 정도의 불안과 위험은 사라질 것이다.

자신의 두 발로 서 있는 사람은 결코 고립되지 않는다. 우리가 서 있는 지구가 우주의 어느 방향으로 굴러가고 있는지는 아무도 모르지만, 우주의 미아가 되었다고 생각하는 사람은 없다. 우리는 단지 지구가 가는 대로 따라가기만 하면 된다.

– 헨리 데이비드 소로우

오늘을 마음껏 맛보면서

인생이란 오늘 하루하루를 말하는 것이다. 오늘은, 확신을 갖고 우리 인생이라고 말할 수 있는 유일한 것이다.

무엇인가 흥미를 가지자. 스스로를 흔들어 늘 깨어 있도록 하자. 취미를 키우자. 열중이라는 폭풍이 몸 속을 꿰뚫고 지나가게끔 하자.

오늘을 마음껏 맛보면서 살자!

– 데일 카네기

세상에 태어나서 한 번도 좋은 생각을 갖지 않은 사람은 없다.
다만 그것이 계속되지 않았을 뿐이다.
어제 맨 끈은 오늘 허술해지기 쉽고, 내일은 풀리기 쉽다.
나날이 다시 끈을 잡아매야 하듯,
사람도 그가 결심한 일은 나날이 거듭 조여야 변하지 않는다.
– J. S. 밀

성실이 최선이다

지혜를 짜내려고 애쓰기보다 먼저 성실해야 한다. 지혜가 부족해서 일에 실패하는 경우는 별로 없다. 사람에게 늘 부족한 것은 성실이다. 성실하면 지혜도 저절로 생기지만, 성실하지 못하면 있는 지혜도 흐려지고 마는 법이다.

- B. 디즈레일리

제6장

당신이 행복해지는
작은 실천

당신이 행복해지는 작은 실천 01

　너는 너, 나는 나라고 생각하는 사람은 불행한 사람이다. 그러나 너는 나, 나는 너, 너와 나는 우리라고 생각하는 사람은 행복한 사람이다. 상대에게 겉으로만 '위하여!'를 외치고 정작 상대방을 위할 줄 모르는 사람은 불행한 사람이다. 그러나 항상 위하는 마음으로 살아가는 사람은 행복한 사람이다. 남이 자신을 이해해 주지 않는다고 불평하는 사람은 불행한 사람이다. 그러나 남의 마음까지 헤아려 말과 행동을 조심스럽게 하는 사람은 행복한 사람이다. 모든 것을 당연하게 여기는 사람은 불행한 사람이다. 그러나 작은 것에도 감사하는 마음을 지닌 사람은 행복한 사람이다.

대개 행복하게 지내는 자는 노력가이다.
- 블레이크

당신이 행복해지는 작은 실천 02

　자신의 눈앞만 바라보는 사람에게는 불행의 그림자가 붙어다닌다. 그러나 멀리 앞을 내다보는 사람에게는 행복의 빛이 그 앞을 밝혀 준다. 자신이 처한 상황을 한탄하는 사람은 불행의 대열에 속한 사람이다. 그러나 현재의 불행을 딛고 일어서는 사람은 행복의 대열에 속한 사람이다. 자신의 입장과 이득만 고집하는 사람은 불행한 사람이다. 그러나 상대방의 입장을 고려하는 사람은 행복한 사람이다. 가지고 있는 것을 당장 쓰기에 바쁜 사람은 불행을 사는 사람이다. 그러나 미래를 위해 저축하는 사람은 행복을 사는 사람이다.

당신이 행복해지는 작은 실천 03

집이 작아서 아무것도 할 수 없다고 불평하는 사람은 불행한 사람이다. 그러나 비록 작은 집이어도 쉴 수 있어 좋다고 생각하는 사람은 행복한 사람이다.

여기저기 일을 벌려놓고 집중하지 못하는 사람은 불행과 가까워지는 사람이다. 그러나 한 가지 일에 열중하는 사람은 행복과 가까워지는 사람이다.

미움과 시기를 버리지 못하는 사람은 불행을 짊어지는 사람이다. 그러나 관용과 용서를 베푸는 사람은 행복을 이고 있는 사람이다.

사랑과 자비를 모르는 사람은 불행한 삶이 계속될 것이다. 그러나 그것을 알고 실천하는 사람은 행복한 삶이 계속될 것이다.

당신이 행복해지는 작은 실천 04

사랑을 받으려고만 하는 사람은 불행한 사람이다. 그러나 사랑을 통해 자신의 모든 것을 주려는 사람은 행복한 사람이다. 친구를 위해 기꺼이 충고를 마다하지 않는 사람을 만나면 보물을 얻는 것과 같다. 그러나 말로 귀를 즐겁게 해 주는 사람을 만나면 가지고 있던 보물도 잃게 된다. 각자의 개성을 인정하지 못하는 사람은 불행한 사람이다. 그러나 서로의 공통점과 차이점을 발견하고 맞추어 나가는 사람은 행복한 사람이다. 힘들 때 곁에서 땀을 닦아주며 도와주는 친구가 있다면 당신은 행복한 사람이다. 그러나 아무도 도와줄 사람이 없다면 당신은 불행한 사람이다.

내일에 대해서는 아무것도 모른다.
우리가 할 일은 오늘이 좋은 날이며
오늘이 행복한 날이 되게 하는 것이다.
- 시드니 스미스

당신이 행복해지는 작은 실천 05

　사소한 일에도 감사한 마음을 가지면 행복이 찾아온다. 그러나 기쁜 일에도 무관심하면 행복도 불행으로 바뀌고 만다. 모든 일에 대해 '먼저' 솔선수범하면 행복을 가꾸게 된다. 그러나 어떤 일에 대해 '나중에.' 라고 미루면 불행을 키우게 된다. 사사건건 시비를 가리는 사람은 불행을 불러들이는 사람이다. 그러나 남을 이해하고 칭찬하는 사람은 행복을 불러들이는 사람이다. 언제나 얼굴에 미소를 잃지 않는 사람에겐 행복의 꽃이 피어난다. 그러나 도무지 환한 얼굴을 짓지 않는 사람에겐 불행의 싹이 돋아난다.

마음이 비뚤어진 사람들만이 불행합니다.
행복이란 인생에 대한 밝은 견해와 마음속에 깃드는 것이며
외면적인 데 있지 않으리라고 나는 생각합니다.
－ 도스토예프스키

당신이 행복해지는 작은 실천 06

아침에 일찍 일어나 하루를 계획하는 사람은 행복의 출발점에 있는 것이다. 그러나 아침에 일어나 허둥대는 사람은 불행의 출발점에 서 있는 것이다. 난폭운전, 과속운전을 일삼는 사람은 불행이라는 목적지에 도달하는 것이다. 그러나 안전운전, 방어운전을 하는 사람은 행복의 종착역으로 도착하는 것이다. 결과에 도달하는 과정에 충실한 사람은 행복의 열매를 딴다. 그러나 과정보다 결과에만 집착하는 사람은 불행의 과실을 따게 된다. 남을 배려하는 만큼 자신에게 돌아오는 것을 받아들이는 사람은 행복의 배려자이다. 그러나 남을 멸시하고 배려받기를 원하는 사람은 불행의 하수인이다.

당신들의 모든 불행은 당신들 자신으로부터 생긴다.
- 루소

당신이 행복해지는 작은 실천 07

　밝은 노래를 부르는 사람은 행복을 전파하는 사람이고, 슬픈 노래를 부르는 사람은 불행을 포교하는 사람이다. 찾아오는 이를 반갑게 맞이하는 사람에겐 행복이 넘쳐나고, 즐겨 찾는 이가 없는 사람에겐 불행이 채워지게 된다. 작은 약속도 항상 지키는 사람은 남들에게 믿음의 불씨를 주지만, 약속을 쉽게 어기는 사람은 남들에게 불신의 싹을 준다. 내일 다시 태양이 뜬다고 믿는 사람은 일출을 보며 기뻐하지만, 내일을 생각하지 않는 사람은 석양을 보며 슬퍼한다.

침상에 누울 때, 내일 아침 일어나는 것을
즐거움으로 여기는 사람은 행복하다.
- C. 힐티

당신이 행복해지는 작은 실천 08

돈만을 위해 일하는 사람은 불행하지만, 성취감을 위해 일하는 사람은 행복하다. 성공만 바라보며 사는 사람은 행복이라는 성공에 도달하기 힘들지만 실패도 딛고 일어나 다시 시작하는 사람은 불행의 문에서 멀어진다. 무조건 남을 탓하거나 원망하는 사람은 행복도 탓하지만, 모든 것에 고마워하는 사람은 불행도 행복으로 만든다. 열 중에 하나를 잃고도 하나씩이나 잃어버렸다고 생각하는 사람은 행복을 잃어버린 것이고, 하나밖에 잃은 게 없다고 생각하는 사람은 불행을 잃어버린 것이다.

해야 할 것을 하라. 모든 것은 타인의 행복을 위해,
동시에 특히 나의 행복을 위해서이다.
– 톨스토이

당신이 행복해지는 작은 실천 09

남들과 비교해서 괴롭거나 힘들다고 생각하는 사람에겐 행복도 힘들게 찾아오지만, 다른 사람과 비교해서 즐겁게 생각하는 사람에겐 불행도 즐겁게 떠나버린다. 비록 가진 것이 부족하다고 해도 긍정적이고 자신감으로 사는 사람은 행복을 지킬 수 있지만, 많이 가져 풍족하더라도 부정적이고 소극적으로 사는 사람은 불행만을 지키게 된다. 남을 칭찬하기를 주저하지 않는 사람은 행복을 칭찬하지만, 비난하기를 즐겨하는 사람은 행복을 비난하게 된다. 밝고 즐거운 이야기를 하는 사람은 행복을 알리고, 어둡고 괴로운 이야기를 하는 사람은 불행을 퍼뜨린다. 자신만의 기회를 잡으려는 사람은 행복이 와도 잡지 못하지만, 여러 사람을 위해 노력하는 사람은 행복이 찾아와 깃든다.

한 해의 가장 큰 행복은 한 해의 마지막에서
그해의 처음보다 훨씬 나아진 자신을 느낄 때이다.
– 톨스토이

당신이 행복해지는 작은 실천 10

충고를 기꺼이 받아들여 고치려는 사람에게는 불행조차 행복이 되지만, 칭찬조차 경계의 눈으로 보는 사람에게는 행복도 불행이 되고 만다. 따뜻한 가슴으로 사회에 봉사하는 사람은 행복하지만, 얼어붙은 가슴으로 사리사욕만 챙기는 사람은 불행도 챙기게 된다. 자신을 알고 남을 아는 사람은 행복도 알지만, 오로지 자신만 알고 남을 모르는 사람은 불행만 안다.

> 행복은 쫓아가 구할 물건이 아니다.
> 다만 즐거운 표정과 웃음을 늘 띄우고 있음으로써
> 복이 들어오는 근본으로 삼아야 한다.
> 불행은 언제 어디서 닥쳐올지 모르는 것이다.
> 또한 불행을 막을 길도 없다.
> 다만 평소에 남을 해치고자 하는 감정을 없애고
> 마음을 평온하게 갖는 것으로써
> 불행을 막는 근본으로 삼아야 한다.
> – 채근담

당신이 행복해지는 작은 실천 11

현재의 위치를 종착역이라고 여기는 사람은 불행의 열차를 갈아타야 하지만, 출발역이라고 여기는 사람은 행복열차의 출발 시간을 기다리는 것이다. 일을 기쁘게 능동적으로 하는 사람은 행복을 얻을 것이고, 누가 시켜서 마지못해 일을 하는 사람은 불행을 얻게 된다. 목적지까지 갈 돈이 없어도 걸어갈 수 있다고 생각하는 사람은 행복을 찾아 떠나는 사람이고, 차비를 구걸하려고 앉아 손을 벌리는 사람은 불행을 기다리는 사람이다.

행복을 즐겨야 할 시간은 지금이다.
행복을 즐겨야 할 장소는 여기다.
— 로버트 인제솔

당신이 행복해지는 작은 실천 12

하늘의 태양을 보는 사람은 행복을 그리지만, 먹구름만 바라보는 사람은 불행을 그린다. 겸손한 마음으로 세상을 사는 사람은 행복이 다가오지만, 겉치장만 화려하게 꾸미는 사람에겐 불행이 행복으로 치장되어 다가온다. 좋은 취미로 여가를 즐기는 사람은 삶이 행복하지만, 나쁜 취미 생활로 시간을 허비하는 사람은 삶이 고역이다.

> 행복의 원칙은 첫째 어떤 일을 할 것,
> 둘째 어떤 사람을 사랑할 것,
> 셋째 어떤 일에 희망을 가질 것이다.
> - 칸트

당신이 행복해지는 작은 실천 13

자신의 처지를 비관하고 '해도 안 돼.' 라고 생각하는 사람은 불행한 사람이고, 자신의 처지를 극복해 '하면 된다.' 라고 생각하는 사람은 행복한 사람이다. 처음 시작부터 잘못되었다고 생각하는 사람은 불행하고, 중간의 오류를 발견하고 시정하는 사람은 행복하다. 보고 듣고 느끼며 생각하고 행동하는 사람은 행복한 사람이고, 그 중 하나만으로 행동하려는 사람은 불행한 사람이다.

행복하려는 것은 권리지만
인간으로서 할 수 있는 한 알고 싶은 것을 배우고,
자신에게 최고의 기쁨을 가져다 줄 재능과 능력은
연마해야 함이 분명히 요구된다.
– 러셀

당신이 행복해지는 작은 실천 14

겸손과 양보를 항상 습관처럼 행하는 사람은 행복하지만, 교만과 집착이 습관화되어 있는 사람은 불행하다. 가슴을 맞대고 말할 수 있는 사람은 가슴에 행복을 담고 있지만, 등을 돌려 말하는 사람은 가슴속에 불행을 담고 있다. 지식만으로 세상을 살려는 사람은 불행한 사람이고, 지혜로 세상을 바라보는 사람은 행복한 사람이다.

행복이란 건 대개 현재와 관련되어 있다.
목적지에 닿아야 비로소 행복해지는 것이 아니라,
여행하는 과정에서 행복을 느끼기 때문이다.
– 앤드류 매튜스

당신이 행복해지는 작은 실천 15

남들에게 친절하게 대하는 사람은 성공의 열쇠를 쥐게 되고, 불친절한 태도로 남을 대하는 사람은 불행의 자물쇠를 얻게 된다. 99퍼센트의 불행 속에서도 나머지 1퍼센트의 행복을 찾는 사람은 행복한 사람이고, 99퍼센트의 행복 속에서도 나머지 1퍼센트의 불행을 두려워하는 사람은 불행한 사람이다. 삶을 착하고 올바르게 살려고 노력하는 사람은 행복의 문으로 들어서는 사람이고, 삶을 되는 대로 닥치는 대로 사는 사람은 불행의 문으로 들어가는 사람이다.

건강은 노동으로부터 생기며, 만족은 건강으로부터 생긴다.
배우지 못한 무식한 사람도 병약한 지식인보다 행복한 법이다.
건강의 고마움은 앓아보아야 절실히 느낀다.
늘 명랑한 마음, 긍정적인 생각, 절제하는 생활을 유지하도록 하자.
– W. 피트

당신이 행복해지는 작은 실천 16

'나 하나쯤이야…' 라고 생각하며 뒤로 빠지는 사람은 모든 사람에게 고통이라는 불행을 주지만, '나부터 먼저.' 라고 생각하며 솔선수범하는 사람은 다른 사람에게 행복을 선사한다. 행복한 가정, 살기 좋은 세상을 만들겠다고 생각하는 사람은 행복을 설계하는 사람이고, 오로지 자신만을 위해 살겠다고 생각하는 사람은 불행을 만드는 사람이다. 은혜를 은혜로 갚는 사람은 행복의 화살이 오지만 은혜를 잊는 사람의 가슴에는 불행의 비수가 꽂힌다.

남의 행복을 몹시 싫어하고
남의 행복 위에 자기의 행복을 세우려는 사람은
결국 그 자신도 행복하게 되지 못한다.
- D. H. 로렌스

당신이 행복해지는 작은 실천 17

쓰러져도 다시 일어나는 사람에겐 불행도 도망가지만 쓰러져 포기하는 사람에겐 불행이 다가온다. 좋은 일을 간직하며 생활의 활력소로 삼는 사람은 행복도 오래 간직하지만, 나쁜 일을 잊지 않은 채 살아가는 사람은 불행도 잊지 못한다. 현재의 행복을 지키려 노력하지 않는 사람은 불행의 기습을 받게 되지만, 행복을 가꾸며 노력하는 사람에겐 행복이 머문다.

모든 사람은 지위 고하를 막론하고
그 본질로 본다면 어떠한 차이도 있을 수 없다.
마음의 모양은 곧 자기 자신인 것이다.
마음의 모양이야말로 교육의 대상이 되는 것이다.
그리고 향상의 계기가 되는 것이다.
행복을 가꾸는 힘은 밖에서 우연한 기회에 얻을 수 있는 것이 아니다.
오직 그 마음에 새겨둔 힘에서 꺼낼 수 있다.
- 페스탈로치

당신이 행복해지는 작은 실천 18

행복의 파랑새를 멀리서 찾으려 헤매는 사람은 불행하고 가까운 주위에서 찾을 수 있는 사람은 행복한 사람이다. 산에 나무를 심고 가꾸는 사람은 행복을 심지만, 나무를 베어 자신의 정원을 가꾸는 사람은 불행을 심는다. 화를 참지 못하는 사람은 자신을 불행 속으로 던지는 것이지만, 화를 자제하는 사람은 불행의 불을 진화시켜 버린다.

근본적으로 행복과 불행은 그 크기가 정해져 있는 것은 아니다.
다만 그것을 받아들이는 사람의 마음에 따라서
작은 것도 커지고 큰 것도 작아질 수 있는 것이다.
가장 현명한 사람은 큰 불행도 작게 처리해 버린다.
어리석은 사람은 조그마한 불행을 현미경으로 확대해서
스스로 큰 고민 속에 빠진다.
– 라 로슈프코

당신이 행복해지는 작은 실천 19

고난 속에서도 희망을 잃지 않는 사람은 행복의 주인공이 되고, 고난에 좌절해 희망을 품지 못하는 사람은 불행의 주인공이 된다. 가정에 우애가 깊어 서로를 위하면 행복한 집이고, 부자라도 불화가 그치지 않으면 불행한 집이다. 다른 사람을 칭찬하며 도울줄 아는 사람에겐 행복도 그를 돕지만, 험담만 하고 외면하는 사람에겐 행복도 그를 외면하게 된다.

오늘만은 행복하게 살자.
사람은 자신이 결심한 만큼 행복해지는 것이다.
– 시빌 F. 페트리지

당신이 행복해지는 작은 실천 20

불확실한 미래를 위해 절제된 삶을 살며 준비하는 사람에겐 불행이 접근하지 못하지만, 오늘만을 위해 방탕한 생활을 하며 미래를 준비하지 않는 사람에게는 불행이 소리 없이 찾아든다. 어깨를 쫙 펴고 배에 힘을 주고 당당하게 시작하는 사람은 행복을 맞이하지만, 목에 잔뜩 힘을 주어 거만하게 시작하는 사람은 불행을 맞게된다. 시기를 알아 만남과 헤어짐을 갖는 사람은 행복한 시기를 알지만, 머무를 때 떠날 때를 구분하지 못하는 사람은 행복인지 불행인지조차도 모른다.

일생의 일을 발견한 사람은 행복하다.
다른 행복을 찾을 필요가 없기 때문이다.
– 칼라일

당신이 행복해지는 작은 실천 21

자신의 성공을 다른 사람의 덕으로 돌리는 사람은 행복한 사람이지만, 자신의 실패를 다른 사람의 탓으로 돌리는 사람은 불행한 사람이다. 부모의 은혜를 알고 공경하는 사람에겐 행복의 비가 내리고, 부모의 은공을 모르고 불효하는 사람에겐 불행의 비가 뿌린다. 다른 사람의 성공을 보고 축하해 주는 사람은 성공의 행복을 느끼지만, 남의 성공을 시기하는 사람은 실패의 불행을 맛본다.

자기 자신 속에 행복의 샘을 파는 일은
어느 정도의 참을성과 끈기가 필요하다.
이같은 노력은 그 자신의 마음뿐만 아니라
얼굴까지도 아름답게 한다.
이것이 곧 자기 내부에 행복의 씨앗을 뿌리는 일이다.
- 미상

당신이 행복해지는 작은 실천 22

　다른 사람의 이야기를 끝까지 듣고 자신의 이야기를 하는 사람은 행복의 친구를 얻게 되지만, 남들의 이야기는 무시하고 자신만의 이야기를 떠드는 사람은 불행의 친구가 찾아온다. '그래 다시 뛰자. 이제 시작이야!' 라고 하는 사람에겐 행복의 여신이 같이 뛰어 주지만, '이젠 틀렸어, 포기해야 돼!' 라고 하는 사람에겐 불행의 사자가 같이한다. 성실하고 부지런한 사람은 행복을 거두어들이지만, 게으르고 쉽게 포기하는 사람은 불행을 추수하게 된다.

> 저 산 너머 또 너머 저 멀리 모두들 행복이 있다 말하기에
> 남을 따라 나 또한 찾아갔건만 눈물지으며 되돌아왔네.
> 저 산 너머 또 너머 더 멀리 모두들 행복이 있다 말하건만……
> - 칼 부세

당신이 행복해지는 작은 실천 23

자신의 일을 찾아 최선을 다하고 결과를 기다리는 사람은 행복한 사람이고, 맡은 일도 제대로 처리하다 못해 고민하는 사람은 불행한 사람이다. 있는 것을 그대로 바라보며 아름다움을 느끼는 사람은 행복한 사람이고, 아름답거나 추한 것, 어느 한쪽에만 치우치게 바라보는 사람은 불행한 사람이다. 자신의 과거를 돌이켜보며 발전의 밑거름으로 삼는 사람에겐 행복이 다가오지만, 과거의 화려함에 빠져 미래를 소홀히 하는 사람에겐 불행이 다가온다.

적당하게 일하고 좀 더 느긋하게 쉬어라.
현명한 사람은 느긋하게 인생을 보냄으로써
진정한 행복을 누리는 것이다.
– 그라시안

당신이 행복해지는 작은 실천 24

자신의 잠재능력을 찾아내 개발하는 사람은 행복한 사람이고, 현재 가지고 있는 능력도 발휘하지 못하는 사람은 불행한 사람이다. 남의 것만이 좋은 것이라고 생각하는 사람은 불행한 사람이고 자기 것을 소중히 여기는 사람은 행복한 사람이다. 자신의 분수를 알고 맞게 처신하는 사람은 행복을 발견할 것이고, 분수도 모른 채 행동하는 사람은 불행을 찾게 된다. 시련과 고통을 이겨가며 노력한 사람은 행복한 사람이고, 시련과 고통에 포기하고 마는 사람은 불행한 사람이다.

진실로 마음을 만족시키는 행복은
우리들의 온갖 능력을 힘껏 행사하는 데에 있다.
또 우리들이 살고 있는 세계가 완성되는 데서 생기는 것이다.
그러나 진정한 행복을 바라거든
무엇보다도 먼저 만사에 허욕을 부리지 말아야 할 것이다.
– 버틀란트 러셀

당신이 행복해지는 작은 실천 25

행복을 추구하려고 노력하는 사람에겐 행복한 생활
이 찾아오지만, 노력도 하지 않고 행복을 탐하는 사람에
겐 불행이 기다리고 있다. 가지고 있는 것을 나눌 줄 아
는 사람은 행복을 알지만, 남을 위해 베풀 줄 모르고 소
유하려고 하는 사람은 불행만 안다.

수십 만 달러의 수입과 많은 예금 구좌를 가지고 있으면서
영혼이 가난하고 행복하지 못한 사람들이 있다.
그런가 하면 현실적으로 가난하지만,
일과 생활의 즐거움으로 가득 차 있는 사람들이 있다.
진정한 빈곤은 자기 불만, 나태함, 우울 그리고 무감각과 같은
실패자의 습관으로부터 오는 것이다.
금전적인 재산보다 중요하고 육체적인 건강보다 중요한 것은
인간의 정신이다.
모든 풍요를 가져오는 것과 병을 극복하려는 의지도,
재정적으로 곤란한 시기를 이겨내는 것도 정신을 통해서이다.

개성 있는 사람은 언제나 친구를 만들 것이며,
주위의 지지를 얻을 것이다.
이것이야말로 성공과 부와 행복에 이르는 확실한 일이다.
- 레니 L. 위트

당신이 행복해지는 작은 실천 26

　주인 의식을 가지는 일에 전념하는 사람에겐 풍요의 행복을 주지만, 노예 근성을 가지고 일을 게을리하는 사람에겐 빈곤의 불행을 준다. 자신을 개발하고 부족한 것을 배우는 사람은 행복한 최고가 되지만 배우지 않고 개발도 하지 않으면 불행의 최고가 된다.

집안은 늘 화목해야 한다.
화목하면 자연히 즐거움이 있다.
집안에 잘못이 있으면 반드시 부드러운 말로써 가르쳐라.
현재의 환경에 늘 감사하게 생각하며,
결코 세상이나 누구를 원망해서는 안 된다.
사업과 출세를 위해서는 누구나 땀흘리며 노력하지만,
실상 자신 가정의 행복에 대해서는
아무것도 하지 않는 것이 보통이다.
남자들은 대개 집에 돌아올 때는 상당히 피곤해 있다.
그래서 가정에서는 마음을 놓고 나오는 그대로 말하고 행동한다.

그러나 이것은 잘못된 행동이다.
밖에서는 예를 다 갖추고 남을 존중하던 태도가
가정에서는 무시하고 사소한 일에도 참지 못하는 경우가 많다.
가정의 행복을 위해서는
가장 좋은 방법으로 자신을 표현할 필요가 있다.
벌컥 화를 내는 것은 잘못된 자신을 표현하는 것이다.
우리가 좋은 남편이나 좋은 아버지가 되려면
언행이 충분히 다듬어지지 않으면 안 된다.

– 알랭

당신이 행복해지는 작은 실천 27

자신의 능력을 과시하며 잘난 체하는 사람은 불행을 과시하며, 다른 사람의 능력을 인정해 주며 협조하는 사람은 행복도 협조해 준다. 미움·시기·질투 등 부정적인 사고를 가진 사람은 불행을 키우지만, 사랑·행복·성공 등 긍정적인 생각을 지닌 사람은 행복을 기른다. 사랑할 사람이 있다는 것을 고맙게 여기는 사람은 행복한 사람이고, 사랑해 주는 사람이 없다고 탄식하는 사람은 불행한 사람이다.

무슨 일이든 적극적이고 진취적으로 생각하는 습관을 갖고
자신의 마음을 전향적으로 끌어가는 사람은
인생을 행복하게 만드는 사람이다.
– 미상

당신이 행복해지는 작은 실천 28

　작은 것이라도 하찮게 여기지 않고 최선을 다하는 사람은 행복한 사람이고, 능력에 맞지도 않는 일에 시간만 허비하는 사람은 불행한 사람이다. 남의 불행에 적극적으로 나서서 도와주는 사람은 행복한 사람이고, 남의 행복을 부러워만 하는 사람은 불행한 사람이다. 편안하고 안일한 일만 원하는 사람은 불행한 사람이고, 모험심을 가지고 일을 찾아 처리하는 사람은 행복한 사람이다.

　　　　　행복에 있어서 가장 큰 장애물은
　　　　　너무 큰 행복을 기대하는 마음이다.
　　　　　　　　　　　　　　- 폰트넬르

당신이 행복해지는 작은 실천 29

받을 것만 받고 당연하게 여기는 사람은 불행을 받게 되고, 받을 것을 되돌려줄 줄 아는 사람은 행복을 돌려받는다. 미지의 세계에 대해 도전하는 사람은 행복을 발견하게 되고, 두려움을 가지고 현실에 안주하려는 사람은 불행을 찾게 된다. 웃어른을 공경해 자리를 양보하는 사람은 행복의 목적지에 내리지만, 웃어른을 보고 자는 체하는 사람은 불행의 역에 도착하게 된다.

사람은 누구나 행복하기를 간절히 바라는데,
그러기 위해서는 온갖 힘을 기울여야 한다.
행복이 찾아오기만 기다려 문을 열어둔 채 방관만 하고 있다면
들어오는 것은 슬픔뿐이다.
– 알랭

당신이 행복해지는 작은 실천 30

　쓸데없는 고민과 걱정으로 밤을 지새우는 사람은 불행과 함께하지만, 마음의 여유를 가지고 사색의 시간을 갖는 사람은 행복이 함께한다. '아까운 사람 죽었군!' 소리를 듣게 된다면 죽어도 행복하고, '저 인간 죽지도 않나?' 소리를 듣게 된다면 살아 있어도 불행하다.

> 어떤 사람들은 행복이나 쾌락을 권력 속에서 찾고
> 또 어떤 사람들은 지식 속에서,
> 또 어떤 사람들은 육욕 속에서 찾는다.
> 그러나 실제로 자기의 행복에 가까이 가려 하는 사람들은
> 참된 행복은 특정인들만의 소유가 아님을 잘 알고 있다.
> 그들은 인간의 참된 행복이란
> 모든 사람들이 차별 없고 부러움 없이
> 한결같이 소유할 수 있는 성질의 것임을 잘 알고 있다.
> – 파스칼

제7장

오늘을 사는 법

자신의 결점을 말해 주는 사람

우리는 결점을 경고해 주는 사람들에게 크나큰 은혜를 입고 있다. 왜냐하면 그들은 우리가 경멸당하고 있었다는 것을 가르쳐 주기 때문이다. 그러나 그들은 우리들이 장차 경멸당하지 않도록 막아주지 않는다. 왜냐하면 우리는 경멸당할 만한 결점을 그 밖에도 많이 갖고 있기 때문이다. 그들은 다만 결점의 제거에 대한 준비를 해 주는 사람들이다.
　　　　　　　　　　　　　　－ 파스칼 《팡세》 중에서

'인간은 생각하는 갈대다.' 라는 말로 유명한 책이다. 사람은 누구나 한 가지 이상의 결점을 가지고 있다. 그러한 결점을 지적해 주는 사람에 대해선 인색하기 마련이다. 그러나 그런 사람에게 오히려 감사해야 한다. 그 충고를 진심으로 받아들여 당신의 결점을 고쳐 나가야 다음에 같은 결점으로 다른 사람에게 똑같은 충고를 듣지 않고 많은 사람들로부터 경멸을 받지 않게 된다.

더디게 자란 소나무

만물은 번성하면 반드시 쇠망하고 일어남이 있으면 도로 무너짐이 있다. 속히 이루어지면 굳건하지 못하고 급하게 달리면 넘어지는 예가 많다. 만발하게 핀 동산의 꽃도 일찍 핀 것은 먼저 시들고, 더디게 자라는 산기슭의 소나무는 무성하고 늦도록 푸르다.

―《소학》중에서

삶을 장기적인 안목에서 바라보라. 지금 남보다 뒤떨어져 있다고 실망할 필요가 없다. 자기의 길을 꾸준히 걷다 보면 목표가 이루어진다. 인생은 단거리가 아니라 마라톤이다.

좌절을 경험한 사람

좌절을 경험한 사람은 자신만의 역사를 갖게 된다. 그리고 인생을 통찰할 수 있는 지혜를 얻는 길로 들어선다. 강을 거슬러 헤엄치는 사람만이 물결의 세기를 알 수 있다.

– 쇼펜하우어 《희망에 대해》 중에서

러시아의 소설가 안톤 체홉은 성적이 나빠 두 번이나 낙제를 했다. 후일 세계적인 작가가 된 그가 국어 때문에 낙제를 했던 적도 있다. 그리고 과학자로 유명한 아이슈타인은 다섯 살이 될 때까지 지진아였다. 그는 그때까지 말도 제대로 하지 못했다. 이런 두 인물 외에도 많은 위인들의 일화가 있다. 처칠도 낙제를 했던 학생이었고 링컨도 대통령이 되기 전까지 사회의 낙오자로서 수많은 좌절을 겪어야만 했다. 어떤 일에 도전할 때 힘이 부쳐 잠시 쉴지라도 휴식을 취한 뒤에 다시 그 일에 도전하라. 그러면 언젠가는 그 일을 이룰 수 있게 된다. 고난에 빠졌을 때 좌절하거나 포기하지 말라. 쇼펜하우어의 글처럼 강을 거슬러 헤엄치는 사람만이 물결의 세기를 알 수 있는 것이다. 어떤 성공이든 그 바탕에는 많은 실패와 좌절이 있었던 것이다. 당신에게 중요한 것은 실패를 했을 때 그 원인을 냉철히 분석하고 그 속에 숨어 있는 성공의 열쇠를 찾아내는 일이다. 어떤 역경이 당신에게 닥쳤을 때 그것은 고난인 동시에 하나의 기회라는 것을 명심하라.

혹독한 연습이
거다란 완성을 가져다 준다

성질은 흔히 감춰져 있다. 그리고 한동안 눌려 있을
수도 있지만 결코 없어지지는 않는다. 강제란, 그 억누
르는 힘이 제거되면 원래 있던 성질을 반동적으로 더욱
강하게 만든다. 교육이나 교훈이 성질을 누그러뜨리는
역할을 해내는 것이 사실이지만, 성질을 억제하도록 만
드는 것은 교훈이 아니라 습관이다. 어떤 성질을 바꾸
려는 자는 그 결과를 서둘러 처음부터 지나치게 어려운
과제를 부과해서도 안 된다. 그러나 또한 너무 쉬운 과
제를 부과해서도 안 된다.

– 베이컨《수상록》중에서

연습이란 처음보다 점점 어려워져야 효과가 나타나
며 커다란 완성을 가져다 준다. '연습을 실전과 같이, 실
전을 연습과 같이.' 라는 말을 떠올려라.

산다는 것은

산다는 것은 자기가 경험한다는 것이다. 자기 몸에서 끊임없이 우러나오는 생명력을 느끼는 것이다. 새로운 경험을 하지 않는 인간은 정체된다. 자기가 경험하지 않고 남의 경험에 의해서 이끌리는 자는 식물화한다. 경험이 바뀌어지기 위해서 우리는 의식을 지니고 있다. 의식적으로 산다는 것은 경험에 대해서 항상 깨어 있고 마음이 열려 있다는 뜻이다. 의식적으로 닦음으로써 얻어진다. 이러한 힘은 자기 책임 속에 자기 인생을 가지려는 데서만 얻어진다.

─라인홀트 메스너《죽음의 지대》중에서

제갈공명이 많은 지식을 쌓고 세상으로 나아가 실전에서 수많은 경험을 토대로 더욱더 발전했다는 것은 누구나 알 수 있을 것이다. 당신도 지금 쌓아 놓은 지식을 경험을 통해 더욱더 빛나게 발전시켜야 한다.

좋고 나쁘다는 것

꾀꼬리 우는 소리는 아름답다고 하고 개구리 우는 소리는 시끄럽다고 하는 것이 보통 인정이다. 그러나 어느 것이 좋고 어느 것이 나쁘고, 어느 것이 아름답고 어느 것이 밉다는 것은 다 사람의 감정이 정한 것이다. 대자연의 큰눈으로 본다면, 꾀꼬리의 울음이나 개구리의 울음이 다 생명의 노래이다. 아름다운 꽃이나 꽃 없는 잡초도 다같이 생명 있는 모습이다. 만약 자기의 감정을 떠나 공평하게 하늘의 뜻을 받아들인다면, 꾀꼬리의 울음소리나 개구리의 울음소리가 모두 천연의 묘기에서 나온 소리이기 때문에 거기에 차별이 있을 수 없다. 사람은 이 천리를 깊이 따를수록 도량이 넓어진다. 자기 감정에 치우치면 도량이 좁아지고 천연의 묘기를 얻지 못하게 된다.

– 홍자성 《채근담》 중에서

목표 달성을 위한 노력

날기 위해 믿음은 필요없어,
다만 그것을 대비해야 돼.
우리는 이 세계에서 배운 것을 통해서
우리의 다음 세계를 선택하는 거야.

– 리처드 바크의 《갈매기의 꿈》 중에서

인간은 자신의 목표를 이루려고 부단히 노력하는 존재이다. 그 목표를 이루기 위해서는 일단 날아올라야 한다. 날아오른 뒤에야 어디로 가야 할지, 어떻게 해야 할지를 결정하게 된다.

지혜를 통해 인생의 교훈을 얻으리라

지혜와 빛은 서로 비슷한 점이 많다. 풍경이 빛에 따라 무수하고 다양한 모습의 아름다움을 보여주는 것처럼, 사람도 지혜를 통해 인생을 다양한 각도로 보게 되며 교훈을 얻게 된다.

– 쇼펜하우어 《희망에 대해》 중에서

세상은 당신이 어떻게 보느냐에 따라 천국도 될 수 있고 지옥도 될 수 있다. 오늘 지혜로운 자가 되어 인생을 다양한 각도에서 바라보고 다양한 방면에서 새롭게 시작하라.

말을 많이 하는 것을 스스로 경계하라

말을 많이 하는 것을 스스로 경계하라. 말이 많은 것은 모든 사람이 꺼리는 것이다. 진실로 중요한 말을 삼가지 않으면 재화와 재액이 이로부터 시작되는 것이다. 옳고 그르고 헐뜯고 기리는 동안에 마침내 몸을 욕되게 만드는 것이다.

-《소학》 중에서

말은 잘만 사용하면 신이 인간에게 준 선물이지만 잘못 사용하면 신이 인간에게 내린 재앙인 것이다. 말을 함에 있어 조심하라. 말을 잘못해 타인에게 씻을 수 없는 상처를 입히는 경우도 있고 타인의 말에 의해 상처를 받을 때도 있다. 칼로 인한 상처는 상처가 아물면 잊혀지지만 말로 인한 상처는 아주 오랫동안 삶의 마음속에 머문다. 마음의 상처는 그 어떤 상처보다 깊고 크다.

우리는 자유로워질 수 있다

살기 위한 일이 얼마나 많은가! 어선에서 빵 조각을 얻기 위해 단조롭고도 꾸준히 날아 오가는 것 대신 살기 위한 이유가 달리 있는 것이다.

우리는 우리 스스로 무지로부터 벗어날 수 있으며, 우리는 우리 자신이 탁월하고 지적으로 우수하며 재능 있는 생물임을 발견할 수 있다. 우리는 자유로워질 수 있다. 우리는 나는 것을 배울 수 있다.

– 리처드 바크의 《갈매기의 꿈》 중에서

사람들은 이 세상에서 단지 먹고살기 위해 많은 것들을 잃어버리고 있다. 세상의 아수라장에서 한발 비켜나면 그것보다도 더 뜻 깊고 보람찬 일들이 많은데 세상의 고정된 관습을 버리지 못하고 세파에 흔들리면서 살고 있다. 조금만 다른 방향에서 노력한다면 내 스스로가 삶의 무지로부터 벗어날 수 있고 자신이 탁월하고 지적으로 우수하며 재능 있는 존재임을 발견할 수 있을 것이다.

현명함을 얻을 수 있다면

돈을 유용하게 사용할 수 있는 방법 가운데 가장 유익한 것은 사기를 당하는 것이다. 왜냐하면 그 대가로 현명함을 얻을 수 있기 때문이다.

– 쇼펜하우어 《희망에 대해》 중에서

쇼펜하우어의 이 글은 실제 사기를 당하라는 의미보다도 현명함을 깨닫기 위해서는 소중한 것이라도 버릴 것은 버리라는 의미로 받아들이는 것이 더 지혜로울 것이다. 어리석은 사람들이 어리석음을 깨닫는 것은 물질적 손해와 정신적 충격을 겪었을 때 얻는 것이지만 쇼펜하우어는 그 전에 물질적 손해는 보더라도 정신적 충격은 피해 현명함을 얻으라고 가르치는 것이다.

또 다른 삶의 의미

어느 새보다 가장 높이, 어느 새보다 가장 빠르게, 그리고 그 어느 새보다 가장 멋지게 나는 꿈의 집착으로부터 벗어나 하늘의 진리를 발견했을 때 갈매기 조나단은 이제 또 다른 삶의 의미를 깨달았습니다. 그것은 사랑이었습니다.

−리처드 바크의《갈매기의 꿈》중에서

사랑이 없는 부와 권력, 명예는 사람을 행복하게 만들지 못한다. 인생을 살면서 사랑의 의미를 깨달았을 때 우리는 진정한 행복의 의미를 알 수 있다. 우리를 행복하게 하는 것, 그것은 사랑이다.

충고자의 요구

　모든 조언자들은 자기 충고가 옳다고 하지만 간혹 사욕을 채우려고 조언하는 자들이 있다. 그러니 충고해 주는 사람이라고 다 믿지 말고 먼저 그가 무엇을 요구하는지 알아보아라. 그의 조언은 네가 잘못되기를 바라면서 사리 사욕을 채우는 것일지도 모른다. 너를 시기하는 자에게 네 계획을 말하지 말라. 상인과 장사에 대해 상의하지 말고, 사는 사람과 값에 대해 상의하지 말며, 임시 고용인과 일의 완성에 대해 상의하지 말라. 네 마음과 같은 마음을 가진 사람, 당신이 실패했을 때 고통을 함께 나눌 사람과 가까이 지내라.
　충고를 받아들이기 전에 그 사람의 됨됨이를 파악할 수 있는 지혜를 길러야 한다.

좌우명

　지금 적어라. 자기의 인생을 자신의 힘대로 살 수 있는 한 마디의 말을, 즉 자기의 좌우명을 적어라. 좌우명이 없다면 지금이라도 만들라. 그리고 하루에 한 번쯤은 당신이 적은 좌우명을 읽어보는 습관을 가져라.

　지금은 아무것도 아닌 것처럼 느껴지지만 당신이 인생의 항로에서 어려움에 처했을 때 그 문장들은 하나의 등대가 되어 빛을 발할 것이다.

자신을 찾아 명상의 세계로 떠나라

　당신은 누구인가? 당신의 마음을 차분하게 한 다음 당신이 진정으로 원하는 것들을 마음속에 그려라. 집중을 해 점차적으로 그것들을 명확한 그림으로 떠올려라. 당신이 구체적으로 원하는 것들이 당신의 마음속에 뚜렷하게 나타날 때까지 명상을 계속하라. 당신의 마음을 집중하라. 그런 그림 속에 나타난 당신의 모습을 보라. 이런 명상을 되풀이한다면 아마도 당신의 진정한 모습을 그 그림 속에서 찾게 될 것이다.

당신은 아름다운 예술가

당신만의 방을 만들라. 만약 그럴 만한 여건이 되지 않는다면 아이들과 같이 쓰고 있는 책상일지라도, 가족 공동의 식탁일지라도 그 장소에 당신이 정신적으로 독립할 수 있는 작은 소품이라도 마련하라. 그리고 가장 중요한 것은 그 소품이 당신을 위한 것, 즉 당신만의 예술적 충동에서 정신을 모을 수 있는 심리적인 소품과 심리적인 공간, 당신의 창의성을 되살릴 수 있게 용기를 북돋워주는 소품과 장소가 되어야 한다는 점이다.

내일 죽는다는 마음으로
유서를 쓰자

자신에게 유서를 써라. 내일 죽는다는 마음으로 유서를 쓰자. 당신이 유서를 쓰는 마음으로 이 세상을 산다면 오늘을 충실히 살 수밖에 없다. 그리고 내일이라는 오늘에서 당신이 쓴 유서를 보면서 당신의 삶을 개척해 나가라. 그러면 당신의 내일은 밝을 수밖에 없고 발전과 성공의 문은 당신 앞에 놓이게 될 것이다.

당신의 꿈을 이루기 위한 도구

당신의 꿈, 당신의 미래에 대해서 생각해 보라. 결코 보랏빛 미래가 아니라도 좋다. 자기의 꿈 그리고 그 꿈을 이루기 위한 도구를 적어보자. 자신이 미래를 위해 하고 있는 것들을 적어보자. 당신의 꿈, 당신의 미래에 대해서 생각해 보라.

오늘 나는 무엇을 할 것인가?
매일 아침 눈을 뜨자마자 가장 먼저 하루의 일과를 설계하라.
이것은 하루를 어떻게 보낼 것인가 하는
삶의 설계도를 그리는 일이며,
동시에 우리의 인생을 어떻게 살아갈 것인가 하는
미래와 연결되는 일이다.
계획된 생활은 혼돈과 변덕을 막아 주며
우리로 하여금 망설임 없이 일하게 한다.
– 애니 딜러드

잠재의식을 개발하라

당신의 내면에 숨겨져 있는 잠재의식을 개발하라. 인간의 잠재의식은 무한한 힘을 발휘한다. 잠재의식이란 당신의 내면에 숨겨져 있다. 그렇다고 언제까지 잠재의식이 표출되지 않는 것은 아니다.

지금 당장 효과가 나타나지 않는다고 실망할 것은 없다. 그것들은 언젠가 당신의 잠재의식 속에서 하나의 힘이 되어 당신에게 나타날 것이다.

걱정과 증오를 버려라

　당신 마음속에 있는 걱정과 증오는 되도록 빨리 버리는 것이 당신에게 유익하다. 그것들에게 당신이 사로잡혀 있다면 당신의 정신과 건강은 상당한 해를 입게 될 것이다. 그리고 그것들에 사로잡혀 있는 한 당신의 에너지를 쓸데없이 낭비함으로써 당신의 창의적인 힘들을 감소시키는 요인이 될 것이다.

생각하라, 행동이 바뀐다

생각하라. 생각하면서 살아야 한다. 생각을 함으로써 소신과 신념이 생기게 되고 지혜가 나온다. 사람이란 어떤 것을 하기 전에 먼저 생각을 하게 된다. 따라서 의식 있는 모든 것은 생각에서 출발하는 것이다. 백 번의 생각은 한 번의 실수를 막아 주지만 그 한 번의 실수가 당신에게 중대한 일이라면 당신의 인생을 바꾸게 해 준다.

생각을 바꾸면 행동이 바뀌고,
행동을 바꾸면 습관이 바뀌고,
습관을 바꾸면 인격이 바뀌고,
인격을 바꾸면 운명이 바뀐다.
– 사무엘 스마일즈

당신이 진정한 행복을 원한다면

진정한 행복을 원한다면,
삶에서 복잡함보다는 단순함을 선택하라.
진정한 행복을 원한다면,
느림 · 여유 · 게으름의 가치를 재창조하라.
진정한 행복을 원한다면,
물질적인 사치보다 자신만의 시간과 공간을 가져라.
진정한 행복을 원한다면,
스스로 삶을 선택하고 결정하라.
진정한 행복을 원한다면,
중요한 일과 중요하지 않은 일을 구분하라.

오늘을 사는 법

오늘 지금 이순간에 최선을 다해 세상에 임하고 있는지 당신 자신에게 자문하는 시간을 가짐으로써 올바르게 오늘을 사는 법을 배워야 한다.

그대가 행복을 추구하고 있는 한,
그대는 언제까지나 행복해지지 못한다.
그대가 소망을 버리고 이미 목표도 욕망도 없고
행복에 대해서도 말하지 않게 되었을 때
그때에야 세상의 거친 파도는 그대 마음에 미치지 않고
그대의 마음은 비로소 휴식을 안다.
– 헤세

행복의 시작

　지금 연인의 손을 따뜻하게 잡아주어라. 지금 어렵다
해서 포기하지는 마라. 그 여자의 손을, 그 남자의 손을
따뜻하게 잡아주어라. 비틀거리며 세상으로부터 돌아온
연인의 손을 따뜻하게 잡아주어라. 어려울 땐 따뜻한 위
로가 필요하다. 그 위로는 상대방에게 용기를 심어준다.
위로를 하는 쪽도, 위로를 받는 쪽도…… 그리하여 험난
하지만 다시 용기를 내어 세상을 살아갈 수 있는 힘을
주어라.

자신과의 싸움

　당신이 어떤 사람이나 대상에 대해 증오하거나 싸우고 있다면 그것은 바로 당신이 자신과 싸우고 있다는 사실을 인식하라. 당신이 그 무엇에 저항하거나 싸우는 것은 결국 자신의 상처에 의해서 생긴 방어적인 반응일 뿐이다. 당신의 어리석은 증오와 싸움을 버려라. 그러면 당신의 나쁜 생활들은 점차적으로 좋게 변할 것이며 병이 들었던 당신의 몸과 정신도 치유될 것이다.

긍정적으로 생각하라

당신은 당신이 생각하는 대로 된다. 사람들의 성질 가운데 중요한 하나는 자신이 그렇게 생각하면 그렇게 결과가 나타나는 성질이다. 즉 당신이 생각하지도 않은 결과가 현실에 나타나는 것은 없다. 당신이 의식적이든 무의식적이든 그것에 대해 생각하고 갈망하기에 그것에 대한 결과가 당신에게 나타나는 것이다.

여가 시간의 활용

당신의 여가를 그저 노는데 보내지 말고 당신을 개선하는데 투자하라. 성공하는 사람들이나 실패하는 사람들이나 부자들이나 가난한 사람들이나 그에게 주어진 시간은 똑같다. 그러면 그들의 차이는 어디에 있는가? 다른 요인들도 많이 있지만 가장 큰 것은 여가를 보내는 방법이 다르다는 점이다. 그저 노는데 여가를 보낸 사람들은 발전이 없다. 여가란 휴식을 취하면서 자기가 발전할 수 있는 계기를 마련하는 것에 가장 큰 의미가 있는 것이다.

언어는 신의 선물

　말하는 기술을 익혀라. 당신의 개성이 담긴 말하는 기술은 당신의 성공 비결 중의 하나이다. 그러나 말하는 기술만 화려하고 너무 지나치면 도리어 역효과가 난다는 사실을 알아야 한다. 당신은 말만 그럴듯하게 하는 것이 아니라 그 말에 수반되는 책임을 다했을 때 비로소 말하는 기술은 당신의 강력한 무기가 되는 것이다. 말에 대한 행동을 실천하기 위해 노력하라.

　훌륭한 화술을 터득한다는 것은 말하기보다는 남의 말을 잘 듣는 것이다. 그리고 말하는 기술 중에 가장 중요한 것은 상대방의 감정을 읽어내는 것이다. 상대의 감정을 배려한 말하기가 훌륭한 화술의 하나인 것이다.

진심 어린 마음의 힘

진심 어린 도움의 힘은 영혼을 생기 있게 한다. 자신의 적성에 맞는 일을 한다면, 나무가 아름다운 꽃을 피우는 것처럼 일 속에서 즐거움이 피어나게 마련이다. 불행한 이들을 위해 진심 어린 도움의 손길을 펼친다면, 마음은 언제나 차분해지고 깊이가 생기는 동시에, 마치 심장의 고동이 온몸에 끊임없는 활력을 전해 주는 것처럼, 그 사람의 영혼을 생생하게 만든다.

― 존 러스킨

위기란 기회의 다른 모습

　위기란 기회의 다른 모습일 뿐이다. 누구든지 자기에게 다가온 기회를 살리고 싶어한다. 그러나 실상 기회가 왔지만 그것이 기회인지 제대로 인식하지 못해 그냥 놓쳐버릴 때가 많다. 기회라는 것은 종종 하나의 위기로 다가온다. 그렇기에 많은 사람들은 기회가 자기 자신에게 찾아왔어도 고민만 하다가 놓쳐버리는 경우가 많다. 당신도 돌이켜보면 당신에게 기회가 왔지만 그것이 기회인지도 모른 채 그냥 흘려보내고 기회를 위기로만 인식해 기회를 사장시켜 버린 적이 종종 있을 것이다. 당신에게 위기가 찾아왔을 때 절망만 하지 말고 그 위기가 기회의 다른 모습인가를 살펴보는 지혜로움이 필요한 세상이다.

행복이란

　행복을 이웃집 담 너머에서 찾는 것은 가장 어리석은 일이다. 행복의 파랑새는 모든 사람이 자신의 마음속에서 찾아야 한다.

　해가 떠도 눈을 감고 있으면 어두운 밤과 같다. 청명한 날에도 젖은 옷을 입고 있으면 기분도 비 오는 날처럼 어둡다.

　사랑은 그 마음의 눈을 뜨지 않고 그 마음의 의복을 갈아입지 않으면 언제나 불행하다.

　결혼은 남녀가 서로 즐기기 위해 만들어낸 행위는 아니다. 오직 창조하고 건설하기 위해 만들어진 것이다.

– 알랭

전화위복

    불행을 불행으로 끝을 내는 사람은 지혜가 없는 사람이다. 불행 앞에 우는 사람이 되지 말고, 불행을 하나의 출발점으로 이용할 수 있는 사람이 되라!

    불행을 모면할 길은 없다. 불행은 예고 없이 도처에서 우리를 기다리고 있다. 그러나 불행을 밟고 새로운 길을 발견할 힘은 우리에게 있다.

    불행은 때때로 유일한 자극제가 될 수 있다. 우리는 자신을 위해 불행을 이용할 수 있다.

– 발자크

자기 발전을 위한 비결

1. 당신의 외모 · 가정 · 성격 등을 거짓 없이 받아들여라. 그리고 그것들을 당신을 탓하거나 당신의 문제를 회피하려는 구실로 삼지 마라.
2. 자신을 끊임없이 개선시켜 나가라.
3. 자신에게도 남에게도 정직하라.
4. 주위에 도움이 필요한 사람들을 돕도록 하라. 그 사람들을 돕는 과정에서 당신은 자신의 중요성을 다시 느끼게 될 것이다.
5. 지금 당신이 하고 있는 일에 대해 매우 중대한 어떤 계획에 참여하고 있다고 생각하라. 그럼으로써 책임 의식을 가질 것이고 그 책임 의식은 당신을 변화시킬 것이다.
6. 당신 자신이 성공한다고 믿어라. 만약 자신이 성공에 대한 확신이 없다면 어떤 사람이 당신에 대해 신뢰를 보낼 것인가?

7. 당신은 남과 경쟁하지 말고 당신 자신과 경쟁하라.

8. 당신 자신을 얕잡아본다면 다른 사람도 당신에게 어떤 존귀함도 느끼지 못할 것이다. 자신을 귀하게 생각하고 격려하라.

9. 자신에게 장점과 단점이 있음을 알라. 단점은 인정하고 고쳐 나가고 장점은 더욱 살려 나가라.

10. 과거는 이미 지나갔다. 과거의 잘못은 관대히 용서하라.

자기 개선을 위한 충고

1. 규칙을 정해 실행하라. 그리고 실행에 대해 정확하게 판단을 해서 잘했다면 상을 주고 못했다면 처벌하라. 심판관은 당신이다.

2. 당신이 당하고 있는 고통과 불편을 회피하지 않고 감수하겠다고 스스로에게 다짐하라.

3. 자신을 변화시키기 위해 노력하는 와중에 하루아침에 자신이 바뀌지 않는다고 낙심하지 말라. 꾸준하게 인내를 가지고 노력했을 때 결과가 나타나는 것이다.

4. 당신의 단점을 지적해 준 사람에게 감사하라. 누가 지적해 주지 않았으면 그냥 넘어가거나 알고 있어도 그 심각성을 알 수 없었을 것이다. 당신의 단점을 조롱하지 않고 지적해 주는 사람은 당신의 아군이다.

5. 할 수 있는 한 매일 반성의 시간을 가져라. 하루를 반성할 수 있는 자에게 밝은 미래가 있는 것이다.

6. 열심히 사는 사람과 가까이 지내며 그들의 자세를 배워라.

7. 당신의 마음가짐을 바꾸어라. 당신 자신이 지금보다 훨씬 낮게 개선될 수 있음을 믿어라.

8. 당신의 관심을 보잘것없는 것에 두지 말고 높은 곳에 뜻을 두어라.

9. 긍정적인 영향을 줄 수 있는 책을 읽어라.

10. 당신에게 아주 쉬운 것, 극히 사소한 것부터 고쳐 나가라.

직장 생활 성공 방법

1. 당신은 상대방의 이야기를 경청하는 사람이 되라.
2. 당신과 연관을 맺고 있는 이해 관계자에게 친절을 베풀어라.
3. 당신의 참을성을 길러라.
4. 어떤 일을 함에 있어서 당신이 할 수 있는 일과 할 수 없는 일을 구별하라.
5. 당신이 할 수 있는 일에 최선을 다하라. 당신이 할 일이라면 불평보다는 즐기면서 일하라.
6. 당신의 일에 몰두할 수 있는 습관을 가져라.
7. 당신의 시간을 아껴라.
8. 다른 사람들에게 당신의 신뢰를 쌓아라.
9. 당신의 실수를 변명하지 말고 그 실수를 받아들여라.
10. 당신에게 완전한 기회가 아니면 자주 이직을 하지 마라.
11. 다른 사람들의 상담만 잘하는 사람이 되지 마라.

12. 세상을 살면서 여유를 가져라. 그러나 승부처에선 과감한 결단을 내려라.
13. 일을 즐겨라. 당신이 진취적, 긍정적일 때 결과가 좋다.

성공을 원한다면

1. 당신이 써야 할 때 쓸 줄 모르고 오로지 내핍과 절약밖에 모르는 태도를 버려라.
2. 당신이 동료들과 대화도 없이 일만 하는 태도를 버려라.
3. 당신이 웃음을 너무 모르는 태도를 버려라.
4. 당신이 너무 자기의 단점에 민감한 태도를 버려라.
5. 당신의 술자리 매너가 좋지 않은 태도를 버려라.
6. 당신이 어떤 명령이건 절대 복종하는 태도를 버려라.
7. 당신이 어떤 일이건 너무 신중을 기하는 태도를 버려라.
8. 당신이 지나간 일에 너무 집착하는 태도를 버려라.

자신을 제대로 인식하라

당신이 모든 일을 함에 있어서 먼저, 당신 자신을 제대로 인식하는 것에서 출발하라. 당신의 모든 일의 시작과 끝은 당신에게 있는 것이다. 외부적인 요인도 중요하지만, 가장 중요한 것은 내적 요인인 바로 당신 자신이다.

1. 긍정적인 동기를 발견해서 자신에게 부여하라.
2. 스스로 자신에 대한 기대를 가져라.
3. 좋은 이미지를 창조해 나가라.
4. 인생의 목표를 분명하게 세워라.
5. 자신을 스스로 높이 평가하라.
6. 무엇보다 자신에게 성실하기 위해 노력하라.
7. 자신의 잠재력을 인식하라.
8. 능력을 향상시키는 자신에 대한 훈련을 하라.
9. 적극적인 인생관을 가져라.
10. 자신을 남에게 적극적으로 표현하라.

성공의 방법

성공하려면 많은 노력을 기울여야 한다. 성공하는 방법에 있어 아래에 있는 방법이 전부는 아닐 것이다. 그러나 참고할 항목으로서는 가치가 있는 것이기에 아래와 같은 몇 가지 사항을 소개한다.

1. 늘 합리적인 사고를 할 수 있도록 노력하라.
2. 학연, 지연, 혈연 등의 연줄에 대해 과도한 집착을 하고 있다면 그러한 집착을 버려라.
3. 충동적인 기분에 따라서 일을 처리하지 말라.
4. 발표할 수 있는 기회가 온다면 최선을 다하라.
5. 어떤 문제가 생기면 책임을 따지기보다는 해결책을 찾는데 노력하라.
6. 남에게 인정을 받는 사람이 되라.
7. 어떤 일을 함에 있어서 프로가 되라.
8. 늘 새로운 업무를 찾아 능동적으로 일하라.

9. 지금은 세계화 시대, 외국어를 공부하라.
10. 능력을 발휘할 수 있는 전문 분야를 스스로 찾아
　　나서는 능동적인 자세를 지녀라.

마음가짐

어떤 일을 함에 있어서 자신의 마음가짐이 가장 중요하다. 당신을 능동적이고 적극적으로 만들어 주는 것이 당신에게 있어 가장 중요한 재산 중의 하나이다.

1. 당신이 우울하다면 무엇인가 즐거운 일을 찾아 기분을 바꾸어라.
2. 당신이 성공하고 싶다면 성공한 사람처럼 행동하라. 행동은 결과를 불러온다.
3. 되도록 당신에게 좋은 것만을 생각하라.
4. 걱정과 불안과 증오의 감정으로부터 당신을 지키기 위해 노력하라.
5. 적극적이고 능동적인 자세로 사람을 대해 소극적인 삶의 자세를 바꾸어라.
6. 부정적인 자신의 이미지가 있다면 적극적인 이미지로 바꾸어라.

차 한 잔의 명상

당신 운명의 주인은 당신이다

자신의 삶을 그 누구도 대신 살아줄 수가 없다. 자신에게 아무리 잘해 준다 해도 부모는 부모일 뿐, 자신과 아무리 친하다 한들 친구는 친구일 뿐, 자신과 아무리 사이가 좋다 해도 연인은 연인일 뿐 그들이 당신이 될 수는 없는 것이다.

삶의 주인은 누가 뭐라고 해도 당신 자신일 수밖에 없다. 당신의 생각으로, 멋으로 이 세상을 살아가라. 그리고 삶에서 파생되는 모든 문제에 대해 당신이 책임을 져라. 삶이 이렇기에 행복은 스스로 만들어 나아갈 수밖에 없다.